心一堂　金庸學研究叢書　金庸雅集系列
金庸雅集——武學篇
寒柏、愚夫合著
Śūnyatā

書名：金庸雅集——武學篇
系列：心一堂　金庸學研究叢書　金庸雅集
作者：寒柏、愚夫合著
執行編輯：心一堂金庸學研究叢書編輯室
封面設計：陳劍聰

出版：心一堂有限公司
通訊地址：香港九龍旺角彌敦道610號荷李活商業中心十八樓05-06室
深港讀者服務中心：中國深圳市羅湖區立新路六號羅湖商業大廈負一層008室
電話號碼：(852) 67150840
網址：publish.sunyata.cc
電郵：sunyatabook@gmail.com
網店：http://book.sunyata.cc
淘宝店地址：https://shop210782774.taobao.com
微店地址：https://weidian.com/s/1212826297
臉書：https://www.facebook.com/sunyatabook
讀者論壇：http://bbs.sunyata.cc

版次：二零一九年三月初版
平裝
定價：港幣　九十八元正
新台幣　三百九十八元正
國際書號　978-988-8582-49-5

香港發行：香港聯合書刊物流有限公司
香港新界大埔汀麗路36號中華商務印刷大廈3樓
電話號碼：(852)2150-2100　傳真號碼：(852)2407-3062
電郵：info@suplogistics.com.hk
台灣發行：秀威資訊科技股份有限公司
地址：台灣台北市內湖區瑞光路七十六巷六十五號一樓
電話號碼：+886-2-2796-3638　傳真號碼：+886-2-2796-1377
網絡書店：www.bodbooks.com.tw
台灣秀威書店讀者服務中心：
地址：台灣台北市中山區松江路二〇九號1樓
電話號碼：+886-2-2518-0207
傳真號碼：+886-2-2518-0778
網址：www.govbooks.com.tw
中國大陸發行 零售：深圳心一堂文化傳播有限公司
地址：深圳市羅湖區立新路六號羅湖商業大厦負一層008室
電話號碼：(86)0755-82224934

心一堂微店二維碼

心一堂淘寶店二維碼

目錄

潘序　潘國森　1
自序　寒柏　17
自序　愚夫　23
一、貫通金庸武俠小說的「氣宗思想」　寒柏　24
二、另闢蹊徑的「劍宗武學」　寒柏　61
三、也談談「氣宗」的局限　寒柏　111
四、淺論郭靖的武學天份　寒柏　132
五、左冷禪統一五嶽有錯嗎？　愚夫　153

心一堂　金庸學研究叢書　2

潘序

今時「寒柏子」將「茶館」的老舊記憶重組，還向公司請了長假來重寫這一系列的評論文字。略為翻閱「寒柏子」、「愚大師」的書稿，立刻就自動請纓，說：「我要寫個序！」

本書題為《金庸雅集——武學篇》，是為「寒柏子」、「愚大師」與潘國森重現昔年在「金庸茶館」對金庸武俠小說的聚談「雅集」。

先介紹「金庸茶館」。

今時，世上已有好幾個「金庸茶館」，但是第一個應該是台灣遠流公司官方網站入面架設的社交園地，後來的「金庸茶館」都是「文抄公」，說得不好是有抄襲之嫌，而且也未見過有原來這個「金庸茶館」那麼興旺。這片樂土福地，原本是為在台灣刊行《金庸作品集》的輔助宣傳推廣而設，結果成為台灣、香港（當時還有少量中國內地網民參與）以至僑居世界各地赤誠熱心金庸小說迷，提供了一個交流觀摩的時空（下文簡稱「茶館」）。

「金庸茶館」的「雪泥鴻爪」（http://jinyong.ylib.com/snowtalk/Default.asp）今天已經「十

室九空」，當年盛況早就成為一代人五味紛陳的集體回憶，那個一度「日不落」的「金學王國」有四大留言區：

（一）正宗金庸

「館友」（即已登記的用戶，又稱「茶友」）討論金庸小說中情愛以外的差不多所有話題，因為另外有一塊「情愛金庸」。

討論小說中武打場面和情節，以至各書人物的武高誰高誰低，正正是這個館區其中一個重點討論。

（二）情愛金庸

顧名思義，就是「談情說愛」。歌頌「神鵰俠侶」（楊過小龍女）偉大愛情在此；責備「過兒」從不「改之」、到處留情、害人不淺的也在此。

（三）歷史金庸

原本討論金庸小說相關的歷史背景，學術水平可比抓到甚麼「宋代才女唱元曲」便沾沾自喜的寒儒高明得太多了！

後來還「進化」到不限於金庸小說的世界，成為一個高水準中國史、世界史的學習平台。小朋友可以就任何歷史話題發帖提問，然後得到寰球「館友」給予有論文級質素而又淺白易明的解說。是史才、史識和史筆的切磋小擂台。

（四）另類金庸

所謂「另類」，主要品評是由金庸小說改編的電影和電視劇，其次是小說衍生的其他產品和話題。

「金庸茶館」等於一個「文明」，她的「文化」是全體「館友」在館內言行的總和。當中四大「版主」付出最多、影響最大。四大版塊的「版主」每年由全體「館友」提名和票選產生，在任期內負責管理討論區的日常操作，等於是區內的「知府大老爺」兼「警察總長」。版主是義務性質，工作量卻比一般人朝九晚五上班還要辛苦！

何解？

因為茶館不單止面向台灣和香港，還有地球另一邊的新大陸。我們睡覺時那邊是白天，他們休息時我們在幹活。所以我說這是一片「日不落」的國度。版主有在學學生，也有已經投身社會的年青人。

版主有刪除貼文的絕對權力，雖然間有「館友」不服裁決，然後無理取鬧，都逃不過主流「館友」的輿論力量。

「館友」不用實名制，除了如潘國森那樣小數人「在明」之外，其他人都是「在暗」。「茶館」不單是一個聯誼園地，還是年青小朋友鍛練寫作的上佳處所。小學生、中學生、大學生與成年「館友」都是「平輩論交」，絕對平等。有一位小朋友說道：「認識的人以潘國森年紀最大。」

有「館友」進茶館時還是小學生，隨著在「茶館」遊學了一段時間，無論學問識見、抑或寫作溝通能力都突發猛進。

「茶館」由全盛而到今天式微，這事本身就是「金庸學研究」的一段有趣歷史。會不會有熱心「茶館舊侶」，站出來寫一部《遠流金庸茶館史》呢？

有一日，「寒柏子」找到「潘老」來，說要刊行他的小說，自報在茶館筆名。實在茫無頭緒，沒有印象。各位「館友」之間如果沒有較深入的館外交流，無非都是一個符號而已。來了一個「符號」，似曾相識、亦不相識，只好重頭相識，後來就有了《汴京遊俠傳》和《獵頭交易》面世。

當年「茶館」的「金庸學研究」文字水準很高。

我敢說，隨便抽一個活躍份子出來，把她／他（免得人說我性別歧視，只好這樣寫）過去留言整理發表，就勝過某些「打抽豐」的「學府教師」了。今時有許多自稱以研究現當代中國文學維生的學者，在金庸學研究一片空白、完全缺席，卻偽冒研究小查的作品，令知情人側目。

二零零零年，我出席北京大學舉辦的「二〇〇〇北京金庸小說國際研討會」，有一節討論時段的主持人特別追交「功課」，他說有個別與會者到了開會日還未交〈論文摘要〉，提醒記得儘快交最後的論文！我是好學生，開會前就交了全篇論文，尊敬的吳宏一教授吳老師也是，我們在機場首次碰面，他老人家還告知論文中有提到我。結果雖然一再有〈催交論文令〉，可是那些「打抽豐」的教授老師一次又一次的「會照開、飯照吃、景點照遊、論文照不交」。

「寒柏子」算是從新認識了，「愚夫」、「愚大師」卻不是單單一個符號。我敬稱他為「大師」，與一般「大師」不一樣。因為他是「太師」少了一點，「大師哥」卻多了一根「槓槓」，就是「大師」了。既不「太師」，也不「大帥」，半生不熟、半鹹不淡，如此而已。

當年在「茶館」也好，今時在「臉書」也好，「愚大師」總是對「潘老」出言不遜，其實一切都是煙幕與偽裝。有需要的時候，「愚大師」和「潘閣老」（愚大師加一個「閣」字，是擠兌我要我「宰相肚內可撐船」嗎？）不必開會商議便自有默契，對於意見大體一致的話題，會各自就位，對敵方分進合擊、包抄補位。

其中一個原因，可能是我們這些來香港的「番書仔」、「中國文學」的檻外人頗受白眼吧！「我老人家」有時會想，是不是「茶館」有些上文學院的朋友，認為我們這類人意見多多而不依「中文系」的家法，是「入侵」了他們「神聖領土」？

「愚大師」與「金庸小說版本回較」王怡仁大宗師都是學醫；「寒柏子」和「金庸商管學」奠基人、創始人歐懷琳詩人都是學商；「潘老人家」則曾學工，現在還算是進化了，有個「文科生」的資格，雖則只是英國人認可。世界上總沒有一條規矩說，要先上過文學院才可以參與「金庸學研究」吧？

與「愚大師」相識，倒是在見過「愚婦」之後。誰是「愚婦」？不就是「愚夫」家中的「誰呀誰」（夫人、愛妻、黃臉婆、悍婦、一家之主……等等任擇其一）囉！初見「愚婦」之日，她仍是某小姐呢！當日還有其他男女老幼的「館友」在席奉陪，是光天化日之下，不是孤男寡女獨處。特此聲明，以防看官誤會而胡亂猜想！

「愚夫愚婦」這一對，我相信是「金庸茶館」歷來撮合的第一樁良緣！這該是一部《金庸學研究史》、一部《遠流金庸茶館史》入面的一大佳話。現在他們已經開枝散葉，製造出「愚子」、「愚女」了。

「寒柏子」是個「七〇後」，怎麼記憶力如此差勁？

區區在下當年在「茶館」何曾是「潘老」？實情是「潘老頭」之誤！

何來敬意？一字之差，說明其實許多「館友」都在嫌我老，不肯跟我玩。

雖然嫌棄我的人不少，但是肯跟我玩的也多。「茶館」成立了一個「擁譽協會」，我既是小段皇爺段譽段公子的忠實擁躉，當然要加入。而且我都一把年紀，普通會員我是不幹的，我便對會長姊姊說，低於「永遠名譽會長」這級別的我絕對不幹，於是我就拿了這個銜頭。可惜「擁譽協會」的結局是風流雲散。原因是小查越老越糊塗，竟然改了《天龍八部》的結局，妄圖拆散小段皇爺和神仙姊姊王姑娘，會長姊姊難過得從此退出江湖，現在更是芳蹤杳然！金庸小說的讀者數以憶計，最保守估計如有兩三成讀者擁護神仙姊姊，則這夥小讀者、大讀者、老讀者，沒有一億也有八千萬！小查這樣胡鬧，傷了千千萬萬讀者的弱小心靈！小查雖然是「潘老頭」的朋友，「潘老頭」不得不說一句：「小查這是很大的罪過！」

本書收錄了「寒柏子」四篇談論金庸小說中武學話題的文章，他指出金庸學研究入面的「武論」實是「十分無聊」，這個筆者意見相同，原因卻不一樣。

「寒柏子」是習武之人，跟「手無縛雞之力」的「潘老頭」不一樣，但亦當知拳腳無眼、兵凶戰危。西洋拳擊（boxing）是奧運項目，我們都知道拳手的拳套是為保護敵方而設，早期不用拳套的打法經常出現拳手死在台上的悲劇。

七十年代看日本電視劇《姿三四郎》，劇中主角的對頭人每每只跟主角比武一次而退出江湖，何解？在野外以柔道比武，敗方每每重傷殘廢也。

如金庸小說入面的打不死、甚至打不傷，又或者重傷後十足復原，在現實世界很難重覆做到。

筆者小時候香港的賽馬運動將馬的水平分為九班，於是「第幾班馬」就成為香港日常應用的俗語。如果借馬說人，以金庸武俠小說中那種高手將庸手當為小孩兒般耍弄，起碼要有五班以上的優勢才可以應付自如。相差一至三班要看臨場發揮，武人的功夫如果差一兩班的話，則比武最危險，要分勝負就很容易受傷或死亡。再舉簡單一例，你找一些日本空手道黑帶三四段至五六段的「運動員」，要他們不論傷亡盡全力分勝負，結果將會怎樣？不見得六段就能贏三段，如果放懷真打，會傷亡慘重呢！

即使是「純理論」去按書中的設定討論，涉及小說中誰的武功高、誰的武功低之爭，最後還不是「一人一票」取決？那就是武林盟主金大俠的一張嘴說了算，以他的一票作準，勝過讀者千千萬萬票了！

比如說，我們讀者怎樣從書中人物情節「考證」得一個甚麼名堂出來，作者金庸鐵口一批，一句話就推翻小讀者經年累月辛勤學術勞動的成果。「降龍十八掌」誰練得最厲害，查大俠說是蕭峰，那就是最權威的定論了！

又如《神鵰俠侶》散場時誰是武功天下第一這事，筆者據《倚天屠龍記》的旁證認為是郭大俠。話說張三丰被偽冒少林僧空相的金剛門人偷襲重傷之後，張無忌發功為他療傷，修訂二版寫他的感受：

……生平所遇人物，只有本師覺遠大師、大俠郭靖等寥寥數人，才有這等修為……

《倚天屠龍記》第二十四回

張三丰心目中有數人，最先想到的就覺遠和郭靖。到了新三版，才加一個「神鵰俠楊過」在後面，這對於作者來說，可能只是早年一時疏忽遺漏了而多年後才補正。但這卻是我們搞「金庸學研究」去查辦案件的重要線索，而且看書細心的讀者會記得，《神鵰俠侶》最後一回由覺遠張君寶（日後的張三丰）師徒出場至告別離開，我們新任天下五絕的北俠郭靖郭伯伯連一句話都沒有說過，也沒有站到張君寶小朋友跟前。張小朋友倒是與楊過居士交談過好幾句，更面對面近距離瞻仰了楊居士的風采。九十多年之後回想生平所遇高手，還是於多年日夕相對、情同父子的覺遠禪師之後，便是那個不起眼木訥非常的「傻老頭」（當年的傻小子都五十多歲了）郭大俠。那麼我們可以很合理的論斷，郭伯伯比過兒厲害得多了！好在沒有人公開問過金大俠是郭靖的武功高還是楊過的武功高，萬一金大俠說是楊過，則筆者的研究心血都要付諸東流了！

還有是王重陽冷酷拒絕林朝英示愛之謎，潘某人遍讀「雙鵰」，由周伯通周大哥教訓郭靖兄弟的一番話，輾轉找到答案！在桃花島上：

周伯通道：「當年我若不是失了童子之身，不能練師兄的幾門厲害功夫，黃老邪又怎能因禁我在這鬼島之上？……」

《射鵰英雄傳》第十七回

原來王重陽最厲害的功夫，是與張三丰一脈的「老處男神功」！老頑童因為「失了童身」而不能練「幾門厲害功夫」，據此逆推，則王重陽自必是留住「童身」，才可以永保「幾門厲害功夫」的威力了！

由這條重要線索得出結論，「雙鵰」的王重陽如此「狼心狗肺」，辜負了古墓派創派祖師婆婆林小姐，實有此難言自忍！（潘按：歷史上的王重陽本尊，在出家當道士之前，已婚且有兒女）

二零一八年底金大俠往生極樂，此後「金庸學研究」入面「武學研究」的一支就不怕受原作者的干預了。

「愚大師」為左冷禪平反，橫看豎看都是從政治行政和管理的角度立論，這可以作為「我老人家」講的「讀好金庸、讀懂金庸」的一個註腳。

讀者或會感到奇怪，「愚大師」之大作，應當是「金庸政治學」的論文，跟「武學」何關？有的！

《史記．項羽本紀》：

項籍（羽）少時，學書不成，去，學劍，又不成。項梁怒之。籍曰：「書足以記名姓而已。劍一人敵，不足學，學萬人敵！」於是項梁乃教籍兵法，籍大喜，略知其意，又不肯竟學。

武俠小說中的人物以學單打獨鬥的武藝為主，這是項羽講的「一人敵」，兵法是「萬人敵」。兩相比較，左冷禪的抱負比岳不群高出不知幾倍，既學「一人敵」，也學「萬人敵」。

後來五嶽劍派併派以岳勝左敗作結。岳不群贏了虛名，只剩孤家寡人一條光棍兒，只比《天龍八部》的卓不凡稍勝！左冷禪雖然在「一人敵」上慘敗眼盲，但是政治力量仍在，還可以動員一大票的高手。

《史記・淮陰侯列傳》有韓信自述不敵劉邦的深層原因：

信曰：「陛下不能將兵，而善將將，此乃言之所以為陛下禽也。且陛下所謂天授，非人力也。」

若論「將將」，則左冷禪又不知遠勝岳不群幾倍矣！

成王敗寇，奈何！

談到左冷禪，我要借個機會重提二十年前的「研究成果」。

首先，從《笑傲江湖》中大夥兒去爭奪《辟邪劍法》（即《葵花寶典》），回頭去看《射鵰英雄傳》中東邪西毒去爭奪《九陰真經》。結果分別是「君子劍」岳不群和「東邪」黃藥師奪魁！凡是罵岳不群而不知黃藥師之壞的，都是傻瓜！

然後，岳不群雖然險勝左冷禪，最後還是逃不出任我行的掌心！岳不群是「奸勝於惡」，面皮極厚而心地黑不徹底；左冷禪則是「惡勝於奸」，心地極黑而面皮厚不徹底，於是都敗在任我行手上。任老教主則既奸且惡，面皮極厚而心地極黑，豈能不勝？把任我行當為甚麼高人來看，都是傻瓜，都是沒有「讀懂金庸」！

高階的「金庸政治學」其實亦可算是「金庸武功學」的一個分支。

傻瓜都給誰蒙蔽了？

當然是這些書中人物的「親爸爸」，作者小查詩人查良鏞了！

是為序。

昔年「金庸茶館」的「潘老頭」

二零一九年正月於香港心一堂

自序

記得首次接觸金庸武俠小說，已是三十年前的舊事了。

那一年，大約是在八十年代的後期，我在親戚家裡的「儲物室」內，看到書架上有多部金庸武俠小說；首次翻閱的是《射鵰英雄傳》，便已是欲罷不能。親戚不想把書借出，我便唯有下定決心，打算一部又一部的買回家。父母待我素來極佳，但凡是買書，都會出資支持，不久便把所有小說買齊。那時候，電視剛巧重播《神鵰俠侶》，不久後又重播《射鵰英雄傳》，我便一邊看電視，一邊細讀原著。

由《射鵰英雄傳》開始，兩、三年間便把所有金庸小說看完。其後，好看的書，當然要重看一遍。大約在十年時間之內，六部長篇都至少看了七、八遍，中短篇則看了兩、三遍以上。長篇小說當中，最愛《笑傲江湖》，重閱了至少十次以上；中短篇小說，則偏愛《俠客行》，也看了五、六遍。稍後幾年，認識了不少「金迷」，才知道我這翻閱次數還不算很誇張，不少好友的重讀次數，都比我多。

想當年，我沉迷金庸小說至什麼程度呢？

那時候，互聯網還未普及，電子字典當然是以英文為主，若以中文寫作之時，遇到執筆忘字的情況，或不知如何描寫某一物事之際，怎辦？一般人當然是查字典了。我自問查字典的能力非常差勁，所以便乾脆查看金庸小說。因為很多詞語都是從金庸小說裡學回來的，翻看多次後，自然會有印象。我當然無法清楚記得某一個字在那一頁書，但若說某一些獨特的用詞，曾在那一部小說出現過，或許會想得起來。很多時候，還會勉強記得該詞語在那一章節、該章節的前半部還是後半部和大約在某一頁紙的什麼部份；很多時候，便能把那些獨特的詞語「查」了出來。

除此之外，金庸小說中亦有不少讓人深思的情節，值得一讀再讀。

例如，《射鵰英雄傳》的最後一段，郭靖跟成吉思汗談及：「自來英雄而為當世欽仰、後人追慕，必是為民造福、愛護百姓之人。以我之見，殺得人多卻未必算是英雄。」到了《天龍八部》，蕭峰以遼國臣子的身份，力阻大遼侵宋，更是提昇了一個層次。蕭峰曾在藏經閣凜然道：「我對大遼盡忠報國，是在保土安民，而不是為了一己的榮華富貴，因而殺人取地、建功立業。」每次看到蕭峰細說邊關上，宋遼相互仇殺的慘況，都會感到十分難過，見他對慕容博直斥其非，更感到熱血沸騰。還有，在小說中看到高深莫測的中土武功、內丹、兵法、醫術，棋藝、音律、園藝、僧道之說和易學等等，虛虛實實，真真假假的夾雜着一起，亦覺得十分有趣，更會感受到金老對中華文化的那份溫情與敬意。

細讀金庸小說，就如主角在深山修練一樣；多聽各方好友的說法，就如和同道中人一起遊歷江湖似的。除了重讀金庸小說之外，八、九十年代，坊間亦有很多「金庸評論書籍」可作參考。那幾年，書店上常見到的「金評書」，作者通常都是倪匡、董千里、潘國森、楊興安和吳靄儀等等，我也把大部份書藉都買了回家，部份較好看的，還會重讀了一、兩遍。亦會一邊看，一邊跟着查閱金庸小說以作印證。

直至九十年代末，互聯網逐漸普及，網上始有「金庸茶館」，便可和更多「金迷」交談和爭論。那幾年，每天晚上都會到「金庸茶館」一看，遇到有趣的新貼也會回應；有新想法便會另開新題。那時候，最多人談論的，總是那人的武功較高，那種武功最值得學等等。亦有很多人為喜愛的主角申辯，最有印象的是「靖蓉派」大戰「楊龍派」。此外，也曾與「金庸茶館」的好友搞過「網聚」，在現實世界中碰面，算是正正經經的認識了一班「金迷」。有一次，居然還曾見過潘國森。那時候，已有朋友稱他為「潘老」了。為什麼不稱「老潘」而稱之為「潘老」呢？「金迷」自然會記得，稱「老潘」不夠尊重，叫「潘老」才能顯得出尊敬之意；這是《笑傲江湖》的任我行教的，他佩服風清揚，才稱他為「風老」。近年，亦有人稱「潘老」為「森爺」，似乎江湖地位越來越高了。很多年以後，經潘老介紹，我認識了「心一堂出版社」，後來還得到出版社的幫忙，出版了《汴京遊俠傳》和《獵頭交易》兩部小說，此乃後話也。

當年，每天上網，都會到「金庸茶館」，可謂流連忘返。一開始的時候，世上還未有「谷歌」，也沒有「高登」，亦不覺有「維基百科」。至少在「金庸茶館」玩了幾個月後，以上的網站才陸續登場。現今在香港，終日只顧在家中上網的，都會被戲稱為「高登仔」。其實，「金庸茶館」的好友和區區在下，可算是「高登仔」的「老祖宗」。那幾年間，似乎是「金庸熱」最鼎盛的時候。不只有很多朋友都讀過金庸小說，亦有多部電視劇、電影和漫畫面世。

近年來，「金庸熱」已逐漸減弱。雖然仍有和一些「金庸茶館」內認識的朋友聚舊，但已沒有在網上討論小說情節，碰面時亦鮮會提及。大家總是各有各忙，也越來越少見面的機會。

這幾年來，「心一堂出版社」著有不少金學研究書藉，且有潘老坐陣，絕對是一個最佳的選擇。正因如此，與潘老談起「金學研究」，我也回去查看一下手上的一些舊稿，再添筆潤飾，還嘗試把多年間的想法，逐一寫出來。

近年以來，已沒有撰文評論金庸小說，起初實無把握，只是隨便試試，但豈料一動筆，便一發不可收拾，最終完成了這部作品，亦感謝「堅料網」、「線報」和「思考香港」等網媒把稿件刊登。這書雖有一些舊稿，套用《笑傲江湖》中丹青生的名句，算是「陳中有新，新中有陳」，但當年的舊稿，亦只大約兩成左右，且所有稿件都從沒有試過結集成書。以「實體書」的角度來看，算是全新的創作。

有不少朋友認為，「武論」十分無聊。我也很同意，當年在「金庸茶館」裡，大家為那一個角色的武功較高而鬧得面紅耳赤，實在頗為無謂，但始終仍感到十分有趣。而且，金庸在多次的修改過程中，也為一眾主角的武學修為高低而添加或刪減了不少情節。武俠小說中，武功誰強誰弱又豈是小事？這本書的「武論」部份，則企圖談論「金庸武俠世界」的「劍氣之爭」。「劍氣合一」當然是最高境界了，但通往的路徑，到底應該「重氣」，還是「重劍」？此外，尚有一篇「淺論郭靖的武學天份」，是筆者近二十年前的舊作，當年網友大都看過。有趣的是，近年才發現，原來早在十年前，承蒙錯愛，這篇文居然給人轉載到不同的網站。還有人把文章挪為己用，只加了一小段簡短的結尾，就當成是自己的文章。與友人談起，才知原來這種「盜文」的行為，是非常普遍的。我再整理過這篇舊文，如今也收錄在這本書裡。這篇文所談及的，亦可算是「剛柔論」的一種表述。讀者當然清楚記得，「金庸武俠世界」裡，除了「劍氣論」之外，尚有「剛柔論」。從「武論」亦可聯想至「二元論哲學」，這正是金庸小說最有趣的地方。

「左冷禪統一五嶽有錯嗎？」實乃吾友愚夫的佳作。這篇文章的角度非常獨特，我無法寫得比他更好，因此也收錄在書中，以公諸同好。愚夫在簡介中自稱「牙佬」起來，我也不妨叫作「拳佬」；如今，我二人亦算是合著成書了。「愚氏夫婦」乃我的知交好友，都是當年在「金庸茶館」中認識的。愚夫除了是「茶館中人」，還是我中學的師兄，比我大一年，但我卻從沒有在中學裡與他交談過。當年，在「網聚」時，我一眼便認了愚夫出來。因為他在校內曾做過話劇，演活了「蘇東坡」一角。愚夫兄才氣橫溢，腹笥甚廣，其形象和氣質，正是我心目中的蘇東坡，其次才是梁醒波。當然，翻看畫象，才知原來蘇東坡雖然發明了「東坡肉」，但其人並不胖。首次「網聚」的幾年後，我亦曾出席「愚氏夫婦」的婚禮，屈指一數，原來已是十五、六年前的事情了。

這本書的特色，是大部份篇章，都不會專注談及一部書，至少會橫跨幾部小說；這應該是「金迷」覺得最好玩的地方，亦希望讀者會喜歡。

寒柏

二零一九年一月

自序

寒柏邀稿，受寵若驚。蓋因論見識，論文筆，寒柏皆高出愚某十倍。唯寫金庸研究乃有益於世之善舉，莫以善小而不為也。

愚某為人，顛黑倒白，指鹿為馬。人皆曰善者，非挖空心思以揭其之惡。人皆曰惡者，必塗脂抹粉以顯其美。《笑傲江湖》中，男主角令狐沖批左冷禪為挑動江湖風波之罪魁禍首，愚某不以為然。左冷禪為嵩山派之掌門，身繫一門上下數百人之禍福與前途，豈能以尋常皮毛江湖道義以論之？政治並無善惡，利益乃衡量其行事之唯一標準。是故特作此篇以分析左冷禪一統五嶽之行為。野人獻曝，拋磚引玉，願各方君子不喜勿插也。

是為序。

愚夫

二零一九年一月

一、貫通金庸武俠小說的「氣宗思想」

金庸武俠小說當中有很多神奇武功，各有各的特色，讓讀者神往。但想深一層，小說裡的諸般神通，往往威力太強，幾近脫離現實，到底是如何練成的？現實世界裡，所謂「雙拳難敵四手」，卻為何總會有小說人物角色，可以一擋十，甚至以一敵百？絕頂武學高手，甚至乎可以單槍匹馬的出入戰陣，尚能保得住性命？

近代有北少林武術家顧汝章表演過「鐵沙掌」，曾一掌打碎十多塊磚，並有相為證。當世泰拳拳王播求，曾只以十多記「鞭腿」，便把一棵芭蕉樹踢倒，該視頻亦被放到網上。

可是，《射鵰英雄傳》裡的郭靖，為何可以「降龍十八掌」一掌打斷松樹？松樹比芭蕉樹堅硬得多，絕不可能有人類可以赤手空拳打斷碗口粗幼的松樹。熟知劇情的讀者當然也知道，郭靖的武功固然是厲害，但他所使的「降龍十八掌」還不算最神奇，金庸小說世界裡，尚有不少更離奇荒誕的武術。

畢竟，武俠小說就算是誇張失實，但人物始終是凡人，描寫的武功都是人間武學，絕非仙法妖術，路線屬《水滸傳》和《三國演義》一類，與《西遊記》不同。武俠小說裡的武功如描寫得太過誇張失實，反而會使讀者難以代入。武俠世界也是歷史世界，兩者雖然都是虛虛實實，但不可能全虛。

隨便舉一個例子，《天龍八部》裡，蕭峰曾在漠北之地，徒手搏虎，很容易教人聯想起蘇軾的一首詞：「親射虎，看孫郎。」歷史上，孫權獵虎也是很出名的，亦有徒手搏虎的傳說。蕭峰雖是虛構人物，但在小說世界裡，他卻與歷史人物遼國皇帝耶律洪基結交。蕭峰「徒手搏虎」可謂「大有古人之風」，把這個虛構的英雄人物，放到歷史人物耶律洪基身旁，始終不會太礙眼。

可是，如果小說裡的武功描寫得過離譜，例如說「蕭峰一掌打破一座山」或「蕭峰與三大高手決鬥，最終毀滅了月球」之類，則劇情太過荒謬和失實。歷史中赫赫有名的人物，卻遇上了「毀滅星球」的「異能人」？這種荒誕不經的情節，其實幾十年來也有其他作家嘗試過，但始終難以融入武俠小說世界，無論作者怎樣妙筆生花，也不可能讓讀者投入。

武俠小說裡的歷史，在大事上總不能與史實相差太遠；武俠小說裡的武功，總不能太過脫離現實。就算偶然寫得荒誕，對諸法神通，總要有個合理的說法。那麼，金庸在描寫諸般神奇武術之時，又如何自圓其說？凡人豈會有神力？怎能有神通？這自然是要靠「內力」或「氣功」了。

打坐練氣得神通？

金庸小說與不少武俠小說相同，都充滿着「氣宗思想」的味道。主角只要練成內功，真氣所至，自能耳聰目明，反應遠比常人靈敏，舉手投足之間，還能生出大威力，學習諸般神奇武功之際，自然能得心應手。當然，金庸筆下所描繪的內功，不僅比較細膩，且有根有據，做到三分真，七分假，與現實世界的氣功可謂絲絲入扣，一般武俠小說實在難以媲美。

正如《射鵰英雄傳》中，小郭靖隨「江南六怪」學習武功多年，進境本是甚慢。後來他得全真教掌教馬鈺千里迢迢來到漠北傳授內功及輕功兩年，才漸漸把六位師父的武功學懂。馬鈺在「射鵰三部曲」的世界裡，還不算是絕頂高手，但他所教的全真教道家內功，卻號稱為「天下玄門正宗」。那麼，這內功是怎樣練成的？

那道人（馬鈺）道：「……我就傳你一些呼吸、坐下、行路、睡覺的法子。」郭靖大奇，心想：「呼吸、坐下、行路、睡覺，我早就會了，何必要你教我？」……那道人道：「這樣睡覺，何必要我教你？我有四句話，你要牢牢記住：思定則情忘，體虛則氣運，心死則神活，陽盛則陰消。」……那道人道：「睡覺之前，必須腦中空明澄澈，沒一絲思慮。然後斂身側臥，鼻息綿綿，魂不內蕩，神不外游。」當下傳授了呼吸運氣之法、靜坐斂慮之術。

郭靖……漸感心定，丹田中卻有一股氣漸漸暖將上來，崖頂上寒風刺骨，卻也不覺如何難以抵擋。

（《射鵰英雄傳》第五回）

上述的內功，主要還是道家靜坐吐納之法。這玄門正宗道家內功心法，還可包括了呼吸，坐下、行路和睡覺等等。總括來說，馬鈺傳授的正是現實世界裡都有的道家內丹。金庸世界裡，主角如何練成諸般神通？原來就是靠修練現實世界裡都會有的道家內丹！金庸描寫道家內功的修練過程頗為詳細，小郭靖初學乍練，起初思潮起伏，逐漸收攝心神，丹田便有一股暖流走出來。作者只簡簡單單的幾筆，已繪形繪聲的把練習內功之情況刻劃出來，讀者極易代入，直如與主角一起修練一樣。

金庸描寫修練內功的情節實在太詳細及好看，可謂以假亂真。例如，剛才的引文裡，郭靖跟馬鈺修練的道家內功，馬鈺即傳授口訣：「思定則情忘，體虛則氣運，心死則神活，陽盛則陰消。」實是似模似樣，卻原來是引至《丹陽修真語錄》，果真是馬鈺所著的！丹陽子馬鈺在歷史上真有其人，郭靖隨真人練氣，才融匯貫通了「江南六怪」所教的武功。及後，他有了良好的根基，方能練成「天下剛陽第一」的「降龍十八掌」，再修練一脈相承的「空明拳」及「九陰真經」等道家武學，亦來得合情合理。

此外，《丹陽修真語錄》裡所述的口訣，又如何具體的修練呢？大家知道要「情忘」的話，先要「思定」，要「氣運」呢？則先要「體虛」，但如何「思定」？如何「體虛」？金庸當然沒有再詳解下去，但卻仍不時在小說裡引述道家內丹口訣以作補充：

梅超風……忽地心念一動，朗聲道：「馬道長，『鉛汞謹收藏』，何解？」馬鈺順口答道：「鉛體沉墜，以比腎水；汞性流動，而擬心火。『鉛汞謹收藏』就是說當固腎水，息心火，修息靜功方得有成。」梅超風又道：「『姹女嬰兒』何解？」馬鈺猛地省悟她是在求教內功秘訣，大聲喝道：「邪魔外道，妄想得我真傳。快走快走！」

（《射鵰英雄傳》第六回）

那麼，我們又如何「固腎水，息心火」呢？

馬鈺又豈能把真訣告訴女魔頭梅超風？當然也不能讓讀者知道了。無論如何，這「全真教內功」的修練之法，在《神鵰俠侶》時又再有補筆：

這一言提醒了楊過，忽然想起趙志敬傳過他的「全真大道歌」中有云：「大道初修通九竅，九竅原在尾閭穴。先從湧泉腳底沖，湧泉衝起漸至膝。過膝徐徐至尾閭，泥丸頂上迴旋急。金鎖關穿下鵲橋，重樓十二降宮室。」於是將這幾句話背了出來。

（《神鵰俠侶》第六回）

讀者別要再追問查大俠了，他已乾脆把全真教內功的出處引出來，讀者如想進一步瞭解內功，意想一下如何「運氣通關」，不妨自行看看《全真大道歌》。

道家武功，竟取材自「道德經」？

在「射鵰三部曲」世界裡的「全真教內功」，雖然號稱為「玄門正宗」，但一般人修習後的進展卻慢，主角縱然是性子相近，但武功要短時間內更上一層樓，始終還要修習更高階的武術。因此，郭靖意外獲得了「九陰真經」。這神奇武功的出處又是什麼呢？卻原來都是道家神通。小說中所述，「九陰真經」的作者黃裳讀遍道藏而悟出武學，創下這套神功，其口訣的層次，自然更加高。話說黃藥師以三道試題招親，最後一道試題要郭靖和歐陽克一同默唸「九陰真經」：

郭靖……只見第一行寫道：「天之道，損有餘而補不足，是故虛勝實，不足勝有餘。」正是周伯通教他背誦的句子，再看下去，句句都是心中熟極而流的。

（《射鵰英雄傳》第十八回）

原來，天下間至高無上的「道家武學」，果真從「道藏」悟出，第一句口訣的首半段，便是出自《道德經》！此外，其時郭靖還從周伯通身上學到另一門高深武功，名為「空明拳」。這「空明拳」純走以柔制剛的路線，與一般人對「太極」的理解和印象近似。周伯通如何悟出「空明拳」呢？據他所說，亦是從《道德經》中想出來的。

總的來說，武俠小說世界裡，絕大部份武功所以能生出諸般神通，都以內功為根基。其中，「射鵰三部曲」都以道家內丹為主旋律，當中的武學理論，更明顯取材於道家哲學。主角從《丹陽修真語錄》及《全真大道歌》等得其「術」，學懂練氣之法，武功要再上一個台階，自然要從《道德經》中，方能體會其「道」了。

讀者不可能見識過「降龍十八掌」的威力，世上亦無「玄鐵重劍」和「乾坤大挪移」，更加沒有「六脈神劍」或「凌波微步」，但大家卻或多或少都聽過道家內丹、內功或氣功；就算完全沒有見識過，也曾看到公園裡有人修習「八段錦」之類的功法。無論如何，就算你不相信內功、內丹或氣功的功效，但這些功法確實存在於世上。金庸筆下的道家內丹描寫得越詳細及神似，就會越容易使讀者代入。讀者有了現實世界的依據，由實返虛，再看到那些神妙武功，便會不經不覺的接受了。

順帶一提，金庸世界裡，描寫主角打坐練內功的例子不少，但也有變奏。可能作者見男主角一個人練得沉悶了，便引入「一男一女」的模式，兩個人一起練。首先是《射鵰英雄傳》的郭靖，因被西毒歐陽鋒打傷，還中了楊康一刀，只得躲在牛家村的密室療傷。郭靖身受重傷，難以提氣，便借助黃蓉的真氣替己療傷，二人一同修練，要用上了七日時光。這種「一男一女」的模式，等到《神鵰俠侶》的時候再發揚光大，楊過和小龍女練習的「玉女心經」練至某一個階段，居然要全身衣服暢開，一同對練，情節香豔，越搞越像相傳佛道兩家都有的「雙修大法」。

小說裡的內丹，與現實不符

由於金庸世界裡的內功和武功都寫得細緻好看，可謂真偽難分，相信總會有人對小說裡的諸法神通將信將疑，甚至乎有一點暇想。少年時代，亦曾有不少朋友問過筆者，到底現實世界裡的內丹，有沒有這麼厲害？

筆者在機緣之下，亦學過佛道兩家的一些入門氣功，也練過一些傳統武術門派的氣硬功，當然所學的只是皮毛，亦疏於練習，當不得真。據筆者的理解，修練這些內功首要的，就是不要執着有「神通」。一般人修練氣功之目的，就是希望可以身體健康和心情平和，修道之士則有其信仰，或要參悟生死。如果執着所謂的「神通」，反而是本末倒置，又如何放鬆？如何平和？如何參悟生死？

個人認為，絕對不宜把內功或氣功看得太過神妙，就如普通運動一樣，就算練得再厲害，也不可能脫離生物邏輯和物理原則。凡人總不可能真的徒手搏虎，飛花擲葉總不能真的傷人，更不可能敵得過槍炮，「遠離顛倒夢想」才是修練內丹之目標。

值得一提的是，金庸筆下的內功修練之法，其基本原理，始終不符現實，讀者不可不察。例如，《射鵰英雄傳》中的郭靖初練全真教內功，是在雪崖之上。金庸更點明，郭靖跟着馬鈺之法運功，連崖上的寒風也不懼，已頗有運功抗寒的味道。等到《神鵰俠侶》的楊過，更把這理念寫得清楚明白。話說古墓派內功，實得益於「寒玉床」。據作者所講，原來「寒玉床」散出寒氣，逼使睡着的人也要運功抗寒，久而久之，就等同連睡覺也要練功，內力的進展會比常人快得多。

這種「運功抗寒」的橋段，或許是取材自全真七子之一的丘處機頌讚同門師弟王處一的一句：「九夏迎陽立，三冬抱雪眠。」查大俠並沒有描寫王處一如何「運功抗寒」；這「抱雪眠」的舉動，則在洪七公在《神鵰俠侶》時表演過。內功深湛之人，自能做到風寒不侵，可能讀者都會相信，既然要做到「三冬抱雪眠」，不如就拿一張「寒玉床」回家，天天抗寒，豈不是事半功倍嗎？

可是，修習氣功和做運動一樣，最重要的就是找一個舒適的地方。莫說是在「天寒地冷」的情況下練內功，就算是外出做運動、打球或跑步，「一冷一熱」的出身汗，若體質不佳，也會很容易生病。在冬天做運動，血氣不暢、熱身不夠的話，也較容易受傷。就算是「游冬泳」，也應一步一步的試，若連「沖冷水涼」也未試過，等到冬天時卻跳去「游冬泳」，九成會生病！

修練內功之法絕不是鬧着玩，初學乍練，豈能立刻就「抱雪眠」了？「抱雪眠」是「結果」（這結果亦有誇張之嫌），卻不是「途徑」。起首練習意念導引之時，豈能在風寒之地練習？血氣不暢又如何運功？還要分神抗寒？不是強人所難嗎？就如「游冬泳」一樣，健康平平的不宜試，就算練習也要一步一步的來。身體強壯就不懼，但如做得太過，也未必符合養生之道。

當然，金庸小說世界裡的內功和武功，始終取材自現實世界，且作者心思慎密，邏輯性很強。其實小說情節裡亦有露出一些端倪，查大俠不只一次的否定了這種「運功抗寒」的方法：

楊過忽道：「有了！咱倆可以並排坐在寒玉床上練。」小龍女道：「萬萬不行。熱氣給寒玉床逼回，練不上幾天，你和我就都死啦。」

（《神鵰俠侶》第六回）

以上引文可見，即使是小說世界裡，其實作者也為這種「運氣抗寒」設下種種限制。及後，小龍女受了重傷，便無法「運氣抗寒」，所以亦不能躺在「寒玉床」之上。其實不只是「玉女心經」，在現實世界裡的一般氣功，也不宜在「天寒地冷」的地方亂來。

「打坐」以外、修練內功之法

除了打坐運氣之外，金庸武俠世界裡，尚有很多修練內功之法，趣味盎然。例如《碧血劍》當中，華山派內功，卻不再以打坐練氣為重，反而是從外而內的法子，從掌法中修練內功：

「混元掌」雖是掌法，卻是修習內功之用。自來各家各派修練內功，都講究呼吸吐納，打坐練氣，華山派的內功卻別具蹊徑，自外而內，於掌法中修習內勁……臨敵時一招一式之中，皆自然而有內勁相附，能於不著意間制勝克敵。

（《碧血劍》第三回）

話說主角袁承志修練這套「混元掌」之前，尚修習了「十段錦」。現實世界中的「八段錦」

或「十段錦」，都是一些拉筋的健體運動，其實也是修練氣功的一些入門「動功」。氣功有不同的種類，打坐練氣的一種屬「靜功」，「八段錦」的一類便是「動功」。這種「動功」的理念，就正正是「自外而內」的修練。

此外，真正的武術世界裡，如何練氣？

雖然運動員有諸般輔助的運動來增強體能，但始終還是靠反覆的把動作練成慣性，才能「得氣」。簡單來說，以打擂台為目標，選手自然也要跑步、游水和跳繩等等，亦可能要到健身室做一些「負重運動」，以增強肌肉的耐力及爆發力，但這些都是額外和輔助性練習。其實選手的大部份時間，始終還是留在拳館裡練沙包、擊手靶，練抗打或二人對練等等。運動員的體能再好，也只能適應特定的動作。例如長跑選手就算體能再好，氣量夠長，忽然要他短跑，也會倍感吃力。他們就算平素可跑幾個小時而不累，但如突然要他們上擂台練三分鐘拳，亦肯定會感到氣喘難捱。反過來說，擂台上如何了不起的拳王，亦不見得長跑會做得好，打球會不累，體能再好，也要重新適應。現實世界裡的「氣」，不可能獨立的去練。

因此，《碧血劍》裡，華山派「混元掌」的練習內功之法，雖然好像不夠打坐練功、氣走諸脈這般有趣，但反而較符合實情。

此外，例如《神鵰俠侶》中的楊過，除了修習「玉女心經」外，斷臂後，則拿着重若八八六十四斤的玄鐵劍，在山洪瀑布裡練習。及後，再由「鵰兄」帶到東海，在怒潮中練劍，過了六年，才算是把獨孤求敗的「氣功」練成。在《神鵰俠侶》中，獨孤求敗並無留下武功秘笈，讀者無法知道他如何練習內功，但楊過由「鵰兄」引領，以運劍抗洪，在怒潮中練劍，亦是「由外而內」的路子。

除了「動功」和「靜功」之外，談及修練內功之法，又豈能漏了「瑜伽」？話說《天龍八部》裡的游坦之，本是一名渾渾噩噩、武功低微的紈絝子弟，父輩慘死後，亦無高人指點，卻在誤打誤撞之下，練成了天下第一奇功：

> 游坦之全身說不出的難熬……淚水、鼻涕、口涎都從鐵罩的嘴縫中流出來，滴在梵文經書上……書頁上已浸滿了涕淚唾液，無意中一瞥，忽見書頁上的彎彎曲曲之間，竟出現一個僧人的圖形。這僧人姿式極是奇特，腦袋從胯下穿過，伸了出來，雙手抓著兩隻腳……
>
> ……那是練功時化解外來魔頭的一門妙法，乃天竺國古代高人所創的瑜伽秘術。他（游坦之）突然做出這個姿式來，也非偶然巧合，食嗌則咳，飽極則嘔，原是人這天性。他在奇

癢難當之時，以頭抵地，本是出乎自然，不足為異……

（《天龍八部》第二十九回）

以上引自「第二修訂版」，原文中看到書中的怪僧圖形「姿式各有不相同」，已明顯是「瑜伽術」的路子，卻原來是少林派自高無上的「易筋經」。在《天龍八部》的世界裡，「易筋經」更像是「瑜伽術」。佛教既然由印度傳入，僧人「取西經」之餘，順道把「瑜伽術」帶入中土，也在情理之中。修習這佛門奇功，似乎最好要有點「瑜伽術」底子。此外，金庸還點明，修練者要「破我相」、「破人相」，甚至乎要「心無所往」。少林高僧練武都求「勇猛精進」，反而不合佛理。渾渾噩噩的游坦之，連自己在練內功也不清不楚，卻在誤打誤撞之下，因受冰蠶毒之害，卻能做到發乎自然，無所用心，反而能真正的「勇猛精進」，實是「無心插柳柳成陰」了。

這「瑜伽版本」的「易筋經」，在「最新修訂版」裡，卻改成是「天竺一門極神異的瑜伽術」，傳自摩伽陀國，名為《欲三摩地斷行成就神足經》，卻原來是「一書兩經」。表面上是「易筋經」，但「隱形圖案」所表述的卻是「神足經」。金庸把這「瑜伽術」奇功改成是「神足經」，亦有可能是因應上世紀九十年代，曾有金評作者指出《天龍八部》、《笑傲江湖》及《鹿鼎記》當中的「易筋經」有所矛盾。似乎金庸為了「統一」其小說世界，便把《天龍八部》稍作修改了。

除了游坦之以這種「瑜伽術」修練內功之外，至少《連城訣》的狄雲，也曾練過類似的功夫。話說狄雲在雪谷中練成「神照經」後，亦與游坦之一樣看圖練功，拿起《血刀經》來練習。血刀老祖留下的經文，前半段是「內功」，後半段才是「刀法」。其「內功」則像是「瑜伽術」一樣，經中人形「頭下腳上，以天靈蓋頂在地下、兩隻手的姿式更是十分怪異」，狄雲依樣葫蘆的照做，內息便跟着書中的紅、綠路線走，在「各經處經脈穴道中通行」，與《天龍八部》裡的「神足經」十分近似。

除了「瑜伽術」之外，金庸至少還記有另一種練功之法。原來天山童姥傳授給虛竹的「天山折梅手」，其口訣也大有來頭：

> 當下童姥將「天山折梅手」第一路的掌法口訣傳授了他。這口訣七個字一句，共有十二句，八十四個字……這八十四字甚是拗口，接連七個平聲字後，跟著是七個仄聲字，音韻全然不調，倒如急口令相似……童姥道：「你背負著我，向西疾奔，口中大聲念誦這套口

訣。」虛竹依言而為，不料只念得三個字，第四個「浮」字便念不出聲，須得停一停腳步，換一口氣，才將第四個字念了出來……

虛竹心下甚奇：「怎麼這個『浮』字總是不能順順當當的吐出？」……原來這首歌訣的字句與聲韻呼吸之理全然相反，平心靜氣的念誦已是不易出口，奔跑之際，更加難以出聲，念誦這套歌訣，其實是調勻真氣的法門。

（《天龍八部》第三十六回）

小說中的「天山折梅手」是一門神奇武功，在掌法和擒拿手之中，包含了劍法、刀法、鞭法、槍法、抓法、斧法，還可把天下間的任何武術化入其中。但練習這些應用法門之前，卻先要以「跑步唸拗口令」的方式調勻真氣，情況與《血刀經》記載的武功一樣，是先練氣功，後練招式。這種以「發音」來調息的法門，則與現實世界裡的「音聲療法」，可能有點相像。

所謂「音聲療法」，練習者以一些特定的呼吸和發音來調理臟腑，又與打坐練氣的「靜功」不同。其原理，似乎是以「發音共鳴」來達至一些療效。或許讀者會覺得匪異所思，認為這純是宗教世界裡如「梵音」或「唸咒」等修練之道，但至少在自然世界裡，以「發聲共鳴」來療傷，卻不是太過新奇古怪之事。

養貓之人，都應該聽過貓隻會發出「呼嚕」聲響。每當牠們非常舒服的時候，便會發出這種聲音。亦有動物學家相信，貓隻發出這種聲響，實有療傷之效。家貓打呼聲的頻率約在二十七至四十四赫茲。科學家指出，某種頻率的音波，可刺激貓科動物對骨傷的療效，情況就如人類置身於超音波下療傷相似。此外，這些低頻率的「咕嚕」聲音，在貓隻的身體裡，亦可產生一系列的震動或共鳴，可促進骨骼增長，防止其變脆。

既然貓隻發出「呼嚕」之聲或有療傷之效，所謂「道法自然」，便有某些養生和養心的內家氣功，有相類似的功法了。

值得一提的是，現實世界裡的傳統武術，亦不只一個家派講究發勁時，要同時發聲，或以發聲來助拳勁。例如，南派蔡李佛打拳時，多發出的「喲」、「唏」、「噫」、「或」和「哈」五音，以首三音較常見。不同的聲音，對應着不同的拳招，十分講究。就算是泰拳運動，擊靶及打沙包時，亦會以發聲來幫助發勁。虛竹所學的「天山折梅手」之功法，絕對是有根有據。

修練內功如積累身家，但仍有速成之法

金庸世界裡的「內功」，就正如現實世界中的身家財帛一樣，總要些時候積累。就算主角得遇名師，習得天下間最上乘的內功，任他如何聰明、如何性子相近，也不是一時三刻可以有成果。

正如《射鵰英雄傳》裡的郭靖，開頭只練了兩年「全真教內功」，雖然他「心思單純」，最適合練道家功夫，但只兩年時光，終究還是不夠火候；這兩年功力，只讓他有條件學習「降龍十八掌」及「空明拳」等高深武學，還不足以稱雄。及後他習得「九陰真經」，融匯貫通；等到真正踏入「絕頂高手」的境界，還是在他隱居桃花島、修練了十多年後之事。

《神鵰俠侶》中的楊過，習武多年，縱然與小龍女以十分香豔的「脫衫大法」練成「玉女心經」中的內功，有一次吞吐罡氣，被東邪黃藥師評為「已有自己三十歲時」的功力。及後，楊過斷臂後始修習獨孤求敗的武學，在瀑布裡揮舞玄鐵重劍，雖是功力大增，但仍要等到後來，他在東海怒潮裡練劍六年，才算是大功告成。

由此可見，練習「內功」要有大成，總要下點苦功，非一時三刻之事。這內功既然取材自現

實世界的功法，亦不能太過偏離讀者對「內丹」或「氣功」的基本認知或印象。就算是主角得逢奇遇，也不可能在片刻間練成天下無敵的內功罷？

可是，其實「在片刻間練成天下無敵的內功」才是武俠世界裡最好看的情節。

正如一個財經故事或電視劇集，若講及「窮主角」奮鬥三十年，而終於建功立業，成為一方的財閥，雖然十分勵志，但看得多也會感到膩了。反之，若有一個「窮主角」，明明十分潦倒，或生意失敗、幾近破產，卻忽然之間給他憑着一個機會而扭轉乾坤，甚至教他「一朝發達」，這種情節不是更峰迴路轉、更有趣嗎？

同屬「射鵰三部曲」的《倚天屠龍記》，便開始採用這種「一朝發達」的模式。話說張無忌明明身中寒毒，時日無多，本來是在山谷中等死的，卻教他在機緣之下，從白猿肚裡取出「九陽真經」。為什麼「九陽真經」會在白猿的肚中？查大俠早在《神鵰俠侶》中的末段已有伏筆。關鍵是，主角張無忌不僅是練武奇才，所以練得成「九陽神功」，而且他原來修習的正是武當功夫，武當派的「九陽功」，亦是取材自「九陽真經」，可謂一脈相承。加上他精通醫術，對身體經絡及穴道等早已瞭然於胸，自行練習，在山谷中心無旁騖，一練五年，居然已有所成就。

這種「忽然得到了內功秘笈」的情節，就如「中六合彩」一樣。主角明明轉眼間便要寒毒發作，卻忽然得到了「九陽真經」，不僅寒毒盡解，還練成絕世神功，實在教讀者看得十分開心。可是，縱然主角在機緣之下習得「九陽神功」，又給他躲在一個最適合修練的山谷裡，也至少用上了五年時光，但似乎仍未練至絕頂之境，所以還不能算是「在片刻間練成天下無敵的內功」。主角有這種奇遇，不過如坊間一些「少年股神」一樣，因看準形勢，把握到關鍵時刻而賺大錢。他們雖是年紀輕輕便身家豐厚，十分難得，但與區內的頂尖財閥相比，仍是相去甚遠。

所以，金庸給張無忌再安排多一個機遇，話說他給人困在「乾坤一氣袋」裡：

他（張無忌）……此時猛地裡心神一亂，蘊蓄在丹田中的九陽真氣失卻主宰，茫然亂闖起來，登時便似身處洪爐，忍不住大聲呻吟……原來他修習九陽真經數年……卻不會導引運用以打破最後一個大關……那圓真的幻陰指……一經加體，猶如在一桶火藥上點燃了藥引……在這短短的一段時刻中，他正經歷修道練氣之士一生最艱難、最凶險的關頭，生死成敗，懸於一線……

……乾坤一氣袋已被張無忌的九陽真氣脹破，炸成了碎片……張無忌所練的九陽神功已然大功告成，水火相濟，龍虎交會。要知布袋內真氣充沛，等於是數十位高手各出真力，同時按摩擠逼他周身數百處穴道，他內內外外的真氣激盪，身上數十處玄關一一衝破，只覺全身脈絡之中，有如一條條水銀在到處流轉，舒適無比。

（《倚天屠龍記》第十九回）

主角中了「幻陰指」，忽到了「修道練氣之士一生最艱難、最凶險」的關頭，情況似乎有點像財經小說的主角般，與敵人「賭期指」一樣。修練內功而被逼「衝玄關」，可謂「不成功，便成仁」。

金庸亦進一步把這種情況說得合情合理，形容為「布袋內真氣充沛，等於是數十位高手各出真力，同時按摩擠逼他周身數百處穴道」，所以才能使主角「內內外外的真氣激盪，身上數十處玄關一一衝破」，把這種「在片刻間練成天下無敵的內功」之情節說得合情合理。直到這一刻起，張無忌的內功，才算是有大成。

這種硬着頭皮的「衝破玄關」之橋段，實在太好看，金庸亦不只一次的使用。

例如是《俠客行》的主角石破天，謝煙客存心害他而亂教他內功，要他獨練純陽或純陰經絡，又不教他懂調和陰陽之法，雖然這樣練的話，進展會極快，但次序顛倒，陰陽失調，使石破天身受重傷而差一點斃命。但恰巧長樂幫的展飛卻認錯了人，重重的打了他一掌，反而把石破天體內原本陰陽失調的真氣打成了一遍，教石破天的奇功在誤打誤撞之下練成。

相近的情節，又見於《連城訣》。主角狄雲被血刀老祖纏着，還差點被逼死，狄雲卻因對方的逼迫，在瀕死邊緣而終於「衝破玄關」，加速練成了「神照經」內功。

最神妙的方法是取材自「採補術」？

「衝破玄關」的橋段雖然好玩，但仍未算是「最神速」的練內功之法，熟知金庸小說的讀者，自然知道最神奇的內功，自然要數《天龍八部》裡的「北冥神功」和《笑傲江湖》中的「吸星大法」了。

何必自己苦練內功？把人家的內力直接據為己有就好了。正如玩財技一樣，何必用自己的錢，乾脆借力打力，用借回來的錢去獲利才夠刺激。又例如，何必這麼辛苦創業經營？乾脆去搶就是了。這「偷」、「竊」和「搶」的方法，雖然金庸在字裡行間也不認同，小說世界裡的江湖人士也大都不齒，但這種「一朝發達」的模式，讀者應該會覺得最有趣！

一直以來，內功都是靠自己積累的，但「北冥神功」和「吸星大法」的手段卻另闢蹊徑。其理念十分簡單，就是直接吸掉人家的內功，儲在自己體內，這概念算是十分新穎，到底作者如何自圓其說？金庸談及的「怪力亂神」，總教人看得津津樂道，正是因為凡事有根有據。神奇的武功靠內力；內力則可參照現實世界的氣功、內丹和瑜伽術；武功哲學理念，則取材於儒釋道三家的典藉。

這「吸人內力」的法門，其實概念上類近「採捕術」。金庸雖然並沒有言明，但卻把這「內功採捕術」，描寫成較近道家內丹的一種。無論如何，筆者認為，其字裡行間，始終有點「採補」之意味。

據金庸所述，「吸星大法」取材自「北冥神功」，兩者雖算是同源，但小說情節裡，卻又看到兩套內功的不同之處。

且先看《天龍八部》中「北冥神功」的秘笈，是怎樣寫的：

> 圖中言道：「手太陰肺經暨任脈，乃北冥神功根基，其中拇指之少商穴、及兩乳間之膻中穴，尤為要中之要，前者取後者。人有四海：胃者水穀之海，衝脈者十二經之海，膻中者

氣之海，腦者髓之海是也。」

（《天龍八部》第五回）

「北冥神功」乃「逍遙派」的內功之一。「逍遙派」的武學派別，雖說是「非僧非道」，但卻似乎吸納了儒釋道三家的功法。「北冥神功」則是取材於莊子的「逍遙遊」，明顯較近道家。在上述的引文中可見，似乎「北冥神功」要至少練「手太陰肺經」和「任脈」，再把人家的內功吸到「膻中氣海」裡。段譽首次誤使「北冥神功」的情況如下：

段譽給他一拳打中，聲音甚響，胸口中拳處卻全無所感，不禁暗自奇怪。他自不知郁光標這一拳所含的內力，已盡數送入了他的膻中氣海，積儲了起來……

……段譽登覺胸口窒悶，試行存想任脈和手太陰肺經兩路經脈，只覺有一股淡淡的暖氣在兩處經脈中巡行一周，又再回入膻中穴，窒悶之感便消。他自不知只這麼短短一個小周天的運行，這股內力便已永存體內，再也不會消失了。

（《天龍八部》第五回）

由此可見，這「北冥神功」明顯是把吸回來的真氣，存在「膻中氣海」之內。段譽心底裡並不喜歡練這種竊取他人內功的卑鄙手段，所以只胡亂練一下，名義上是遵從「神仙姊姊」的吩咐，但其實他對「神仙姊姊」的容貌十分痴迷，而「北冥神功」的秘笈，剛巧是以「神仙姊姊」的自畫裸體像編寫成。段譽明明不喜歡這種類似「採補術」的練內功方法，為什麼最後肯練呢？既然只隨便的練一下，又為什麼仍然這麼「用心」的去觀看秘笈？原因是十分清楚明白的。

可是，《笑傲江湖》的「吸星大法」，卻有着一點不同。金庸在書中言明，這「吸星大法」，主要還是承繼了「星宿派」的「化功大法」一路。「化功大法」本身只化掉敵人的內力，卻不會吸收。「吸星大法」則發展至可吸人內力，但卻並非把吸回來的真氣儲在「膻中氣海」之內：

令狐沖……說道：「好，這四句口訣，你牢牢記住了：『奇經八脈，中有內息，聚之丹田，會於膻中。』你懂得解麼？」鐵板上原來的口訣是：「丹田內息，散於四肢，膻中之氣，分注八脈。」他故意將之倒了轉來。

（《笑傲江湖》第二十一回）

引文中可見，「吸星大功」反而是把「膻中之氣，分注八脈」。令狐沖看到的「吸星大法」口訣，尚有「丹田有氣，散之任脈，如竹中空，似谷恆虛」，由此可見，這兩套一脈相承的「內功採補術」，卻是同中有異，異中有同。據金庸在《笑傲江湖》中所說明，「吸星大法」繼承了大理段氏流傳下來一小部份「北冥神功」和「星宿派」的「吸星大法」，主要還是以後者為主。因此，「吸星大法」明顯比不上「北冥神功」，缺點較多，功法亦不一樣。

值得一提的是，金庸的筆下的「內功採補術」，是把道家內丹的功法借題發揮，還將中醫經絡穴道的知識寫進去。可是，其實現實世界裡，中醫所講的「奇經八脈」，正是「督脈」、「任脈」、「沖脈」、「帶脈」、「陰維脈」、「陽維脈」、「陰蹻脈」和「陽蹻脈」。其中，「膻中」實屬於「任脈」當中的一個穴道，又如何再「分注八脈」？「任脈」已是「奇經八脈」當中的一脈了！「膻中」的真氣，分散在「任脈」諸穴，也可能講得通，再分散至「八脈」，又越說越奇怪了。當然，凡事也有可能，內丹和氣功的合理性，亦只好留代氣功師傅們詳談了。

其實，段譽本是不屑學「北冥神功」，只是少年人「好色而慕少艾」，用意不過是欣賞「神仙姊姊」的「裸照」，修習「北冥神功」時，也是隨便找一條經脈亂練，三十六幅圖只練了其中之一，並沒有練全，其「北冥神功」學得馬馬虎虎。

順帶一提，有人為「小段皇爺」分辯，說他是正人君子，且十分尊敬「神仙姊姊」，所以不敢把三十六幅圖都細看，才沒有練完「北冥神功」。可是，小說中，段譽偏偏不只一次的看過「神仙姊姊」的裸圖：

（段譽）再展帛卷，長卷上源源皆是裸女畫像，或立或臥，或現前胸，或見後背，人像的面容都是一般，但或喜或愁，或含情凝眸，或輕嗔薄怒，神情各異。一共有三十六幅圖像，每幅像上均有顏色細線，註明穴道部位及練功法訣。

（《天龍八部》第二回）

書中早已言明，這「採補術」有違段譽本性，因此「美色當前」，他也不肯練完那三十六幅圖，只練了其中之一。但「沒有練全北冥神功」並不代表「沒有看完三十六幅裸照」。「神仙姊姊」的「裸照」十分吸引，似乎「躍然紙上」，已超越了「照片」的範疇，更似是「小電影」一般。書中指出：「女畫像，或立或臥，或現前胸，或見後背，人像的面容都是一般，但或喜或愁，或含情凝眸，或輕嗔薄怒，神情各異」。段譽只是想起「神仙姊姊」的這些「裸照」，也會感到「一顆心便怦怦亂跳，面紅耳赤」；他不只把「裸照」看完，還不時「回帶再看」：

卷軸中此外諸種經脈修習之法甚多，皆是取人內力的法門，段譽雖然自語寬解，總覺習之有違本性，單是貪多務得，便非好事，當下暫不理會。

（《天龍八部》第五回）

情況有如現代男生看「色情小電影」，翻覆看同一段片，但不會着重劇情，甚至乎很少會把一套「小電影」看完。後來「四大惡人之首惡貫滿盈」段延慶把段譽及木婉清一起囚在石屋裡。二人中了「陰陽和合散」，段譽「天人交戰」之下，胡裡胡塗的把三十六幅圖都撕掉，就是之後想再練全「北冥神功」也不行了。

段譽練的「北冥神功」並不全面，令狐沖的「吸星大法」亦好不了多少。他不過是自行研習，無高人指點，以之化掉體內的幾道「異種真氣」後，並沒有繼續練下去。亦未必把「吸星大法」的精要學通。到底兩套「內功採補術」的整套理論是如何，就只好由讀者去自行聯想了。

無論如何，由於這「內功採補術」寫得極詳細，引用了道家莊子的思想，融入了中醫的經絡要理，又有點道家內丹的描寫，可算是幾可亂真。儘管金庸寫得極神似，但如果「內功」是可以這麼容易被竊取的話，那麼武俠小說當中的諸般神通，豈非唾手可得？為可當世竟無人練得成？因此，金庸也為這類「內功採補術」設下種種限制。

首先，「吸星大法」明顯有「異種真氣反噬」的問題，最終會使修練者走火入魔，反受其害。任我行便是因「真氣反噬」而暴斃，令狐沖則全靠練了少林派的「易筋經」，才能化去體內的「異種真氣」。「北冥神功」似乎並無此問題，但其實段譽初學之時，吸了眾多高手的內功，亦曾有「真氣反噬」的情況，全仗大理皇帝段正明傳授調息之法，還得天龍寺高僧合力幫忙，才把其內功逐步導入正軌。

其次，金庸對「吸回來的內功」亦甚有保留，且看看以下的一段，令狐沖被師父岳不群踢了一腳，卻不肯運功相抗，因而受傷暈倒。任我行卻完全不明白，為何岳不群踢中令狐沖後，居然會弄至腿骨斷裂：

盈盈道：「我爹爹說，你已吸到不少別人的內力，內功高出你師父甚遠。只因你不肯運力和你師父相抗，這才受傷，但有深厚內功護體，受傷甚輕……只是你師父的腿骨居然會斷，那可奇怪得很。爹爹想了半天，難以索解。」令狐沖道：「我內力既強，師父這一腿踢來，我內力反震，害得他老人家折斷腿骨，為什麼奇怪？」盈盈道：「不是的。爹爹說，吸自外人的內力雖可護體，但必須自加運用，方能傷人，比之自己練成的內力，畢竟還是遜了一籌。」

（《笑傲江湖》第二十八回）

由此可見，「吸回來的內功」始終質素較差，比不上自身練出來的內力，雖可護體，但卻不能自然的把勁力反彈開去，須自加運用，才能傷人。當然，無崖子的「北冥真氣」，則似乎沒有這個問題：

……丁春秋在木屋之中，分別以內力將「三笑逍遙散」彈向蘇星河與虛竹……虛竹卻甫得七十餘載神功，丁春秋的內力尚未及身，已被反激了出來，盡數加在蘇星河身上，虛竹卻半點也沒染著。

（《天龍八部》第三十二回）

丁春秋以內力送毒，虛竹身具無崖子的七十餘年「北冥真氣」，中毒後，自身內力自然反彈，連他自己也不清不楚，明顯可以「護體」，還能做到「內力反震」，把「三笑逍遙散」之毒自行送到附近的蘇星河身上。

儘管如此，無論是「北冥神功」和「吸星大法」，都有一大難關，就是修練者先要化去自身內功。「吸星大法」先要保持「如竹中空，似谷恆虛」，才可吸人內力；「北冥神功」則亦有很強的「排他性」，話說無崖子要把體內的七十餘年「北冥真氣」輸入虛竹體內，卻先要化去虛竹的少林內功。可是，你化去自身內力，正是體虛氣弱，除非人家送內力讓你吸，否則你在毫無內力的情況下，又如何吸人內力？如何確保練得成這種功法呢？

很自然的又會聯想到一些「男女雙修」的「採補術」了。同門師兄弟或姐妹，甚至乎是夫妻，又能否可以互相信任的一起修練？散去內功的人，又能否確保對方不會加害自己？讓人吸掉內力的一方，又如何確保對方不會盡取？被人吸一些內功，會否對身體有害？大家開始有小成之際，又是否要不停找「獵物」，吸掉他們的內功？這類型的內功，牽涉太多利害關係，所以十分難練，亦順理成章的「逐漸失傳」。

此外，修練「北冥神功」之後，雖然容易習得諸法神通，但「禪定功夫」卻平平。「逍遙派」當中的無崖子、童姥和李秋水三老，都無法參悟生死，未能放低執念，深受貪、嗔、癡三毒之苦而無法解脫。「逍遙派」妄求神通而深受輪迴之苦，亦或許是金庸對一些修道之士的一些忠告。

「內功為本，招數為末」的武林世界

總括而言，金庸描寫了一個奇幻的武功世界，大部份主角都因習得神奇內功而練成諸般武功，成為一代高手。修練內功之法，可以是內丹靜功、氣功和由外而內的動功，或是一些發聲的吐納術和瑜伽術等等。主角亦可能得逢奇緣而瞬間練成神功，除了誤服丹藥或進寶之外，金庸更多描寫的是「衝破玄關」和「內功採補大法」，等到主角內功有所成之際，便可以學習諸般武術，達至「無往而不利」的境地。

金庸武俠小說世界，一直瀰漫着這種「氣宗思想」。「射鵰三部曲」當中，勝負之數往往取決於內功高低。郭靖有很好的「全真教內功」根基，才能學得成「降龍十八掌」。後來經洪七公指點，郭靖亦是先練「九陰真經」中「易筋段骨章」內功。楊過領悟的獨孤求敗武學，也是習其

「氣」為主。張無忌練成「九陽神功」，幾乎可以立刻練成「太極拳」和「太極劍」。修練「乾坤大挪移」的大前提，當然是先要有高明的內功。張無忌有高強的內功，所以可以轉眼間練成；楊逍等高手的內功不夠，強練下去，還可能會走火入魔！

等到《天龍八部》的世界裡，更幾近是純走「氣宗」路線。《射鵰英雄傳》雖是成書較早，但發生在南宋年間，等到《天龍八部》面世，讀者才知道原來北宋年間的武林世界更為有趣。「降龍十八掌」之前，原來有「降龍廿八掌」，「一陽指」之上，尚有「六脈神劍」。「逍遙派」的武功更是神奇，有「北冥神功」、「凌波微步」、「天山折梅手」、「天山六陽掌」、「八荒六合唯我獨尊功」和「小無相功」等等，實不似是人間武術。這「非僧非道」的武功一出，連「全真教內功」和「桃花島武功」都要靠邊站。

在《天龍八部》裡，誇張失實的情節不少。例如，蕭峰的「降龍廿八掌」的掌力可掃至幾丈開外，曾把「不可一世」的丁春秋擊退。他還曾在漠北之地，曾以劈空掌力殺人立威，並徒手搏虎斃熊。此外，他還曾在杏子林裡使出「擒龍功」，以「氣流」擊向地面，凌空拾起地上的單刀，幾近隔空取物。

熟知劇情的讀者，自然知道，蕭峰的手段還不算是最神怪。「逍遙派」內功可使人駐顏不老，九十幾歲的人武功不亞於少年。在童姥口中，原來無崖子雖然墮崖後身受重傷，但若不散功，要死也不是那麼容易。虛竹依童姥之法擲松果，居然可隨手把人家的肚皮打穿，彈指之力，竟可以又軟又脆的松果，發出類近現代手槍的大威力。比起《射鵰英雄傳》和《神鵰俠侶》中，黃藥師的「彈指神通」，尚且要以相較松果堅硬的小石來傷人。「逍遙派」的功夫，似乎猶有過之。

此外，「六脈神劍」不僅是像「一陽指」般，只「以指力遙遙相擊」，甚至能化為六道「無形劍氣」。段譽以「北冥神功」吸收了眾多武林高手的內力，以此運使「六脈神劍」，其威力驚人，竟把慕容復手上的長劍擊碎成二、三十截，如當世科幻片裡的「激光劍」般厲害。段譽的「六脈神劍」形成「劍氣」後，只以手指運使，在數寸範圍內轉動，一點一戳，極是靈便，絕非當世任何劍法可媲美，隨意揮舞，世上更無敵手。莫說「南慕容」無還手之力，「北喬峰」也自覺「難以抵敵」。

「少林派」無名老僧不僅佛法高明，其武功已接近「神級」，給人打斷了肋骨後，也如無知覺一樣。及後，他把蕭遠山和慕容博二人提起出走，竟如騰雲駕霧一般，其輕功更是如鬼如魅，根本不似是凡人。

早在《天龍八部》開場之初，其實金庸已借書中人物之口，確立了這世界的秩序，說明了「氣宗思想」的論點：

「……是故本派武功，以積蓄內力為第一要義。內力既厚，天下武功無不為我所用，猶之北冥，大舟小舟無不載，大魚小魚無不容。是故內力為本，招數為末。」

（《天龍八部》第二回）

等到《笑傲江湖》面世，金庸對「氣宗思想」有更進一步的闡釋：

岳不群道：「……華山一派功夫，要點是在一個『氣』字，氣功一成，不論使拳腳也好，動刀劍也好，便都無往而不利，這是本門練功正途。可是本門前輩之中另有一派人物，卻認為本門武功要點在『劍』，劍術一成，縱然內功平平，也能克敵致勝。正邪之間的分歧，主要便在於此。」

（《笑傲江湖》第九回）

《笑傲江湖》的時代背景為明朝，成書亦在「射鵰三部曲」和《天龍八部》之後，這「氣宗思想」建基於之前的著作，先練好內功或以內功為重，在金庸世界裡，實是合情合理之事，甚至乎成了「王道」；在華山派裡，若有不同的意見，更被打為「異端邪說」！

金庸建構了一個「氣宗思想」的世界，又能否再有突破？

二、另闢蹊徑的「劍宗武學」

自從《射鵰英雄傳》、《神鵰俠侶》、《倚天屠龍記》及《天龍八部》四部長篇武俠小說面世之後，金庸大師建構了一個「以氣宗為本」的武俠世界。正如前文所述，金庸寫至《天龍八部》的時候，已是越來越誇張荒誕。諸法神通，實不似是「人間武技」。在這個基礎之下，金庸先生如何可以再有突破？

「氣宗模式」的傳統故事套路

一直以來，「氣宗世界」的故事橋段，可謂千篇一律。例如，故事一展開，主角的武功自然是平平無奇，受到很多壞人的欺壓和挑戰。歹角的實力較強，主角自然是九死一生。及後，主角屢逢奇遇，可能得高人指點，或找到了絕世武學秘笈，亦有可能是服了增強功力的丹藥等等，從而功力大增。主角還可能有過人之才，在危難之中潛能爆發，衝破玄關，最終以壓倒性的優勢反敗為勝。

其實不僅是武俠小說，就算是當世各種以格鬥為題材的連載漫畫，也會用上這種傳統模式。主角明明起初遇到的「幕後黑手」，武功高強，已經是世上最好打的了。主角把那壞人打敗之後，故事便會失去「張力」，原理上不得不「收筆」。可是，其漫畫大賣，從商業角度看，又不得不繼續畫下去。如何是好？編劇只好推砌一番，原來「大惡人」另有其人，還有一位更好打的壞人登場。

這種傳統模式雖然十分成功，但重複使了幾次之後，還要繼續連載下去，問題便會逐漸浮現。

所謂「道高一尺、魔高一丈」，以「氣宗為主導」的世界，自然會是「越寫越誇張」。例如，當主角能以內力形成「激光劍」，在方寸之地隨手揮舞之後，其後出場的大奸角，如何可以把主角壓倒？就只能擁有更誇張失實的大威力。因此，不少「格鬥漫畫」都會編寫得越來越荒誕，主角先是以赤手空拳打贏了各種現代武器。其後，便可能是以一敵眾，以一人之力抵禦一隊軍隊。接着還要繼續打？其一拳一掌的威力，就只好更誇張。例如，大反派一出手，便可把附近的整條村落夷平，或把一幢高樓大廈打垮。最後，還要繼續連載？就只好把月球打至粉碎，甚至乎把一個星球也毀滅掉。

當正邪雙方的高手盡出，故事本應無以為繼。可是，商業社會的運作之下，漫畫仍要繼續連載。怎辦？那就只好「繼續打」。只是明明早前那批壞人，已能「飛天遁地」和「毀滅星球」了，為何之後前來入侵地球的另一批敵人，實力明顯更高，又怎會還是在地面上，乖乖的一拳一腳跟主角過招？為什麼不使出相近似的絕招，先把地球毀滅了再說？等到這時候，編劇或作者便九成會搬出「時空穿梭」和「平衡時空」等情節出來，再「大鬧一場」。直至作者和讀者都開始感到生厭，連載漫畫的銷量顯著下跌，商家才會肯「收手」。

這種「越寫越誇張」或「敵人一個比一個強」的傳統模式，金庸亦曾多次用過，最出色的自然要數《倚天屠龍記》。

主角張無忌在故事的中段左右，便已練成「九陽神功」和「乾坤大挪移」。他先是以一人敵六大派，以「九陽神功」大破「七傷拳」，恩威並施的收服了崆峒派。接着，他便以「龍爪手」破「龍爪手」，打敗了少林神僧空性。然後，他還智破華山派掌門鮮于通。原來鮮于通用毒暗算，張無忌擁有深厚無比的內功才可倖免於難。此外，他再打敗崑崙派和華山派四大高手所組成的「正反兩儀陣法」。其後，連峨嵋派滅絕師太亦明顯不是其敵手。此時，張無忌幾近已打敗天下群雄，這場戲還有什麼好做呢？原來還有更厲害的高手，卻投靠了蒙古朝廷；趙敏麾下仍有玄冥二老、阿大方東白、阿二和阿三。其中，實力較弱的阿三，還以指力破了空性神僧的「龍爪手」，這幫「壞人」的實力，明顯比攻上光明頂的六大派高手強。張無忌要十拿九穩的打敗敵人，唯有再學「太極拳」和「太極劍」。稍後的情節裡，張無忌的武功越來越高，連玄冥二老也不懼了，劇情的張力即大不如之前。金庸唯有大筆一揮，原來少林派「見、聞、智、性」四大神僧之上，尚有三位「渡」字輩高僧，三人功力極深，還組成「金剛伏魔圈」，以三敵一，成為張無忌的勁敵，故事才再次緊湊起來。

可是，「武俠小說世界」始終與「科幻世界」和「漫畫世界」不同，有其「歷史時空」，很多角色都是歷史人物，大家所使的都是「人間武技」。縱然偶有誇張失實，亦自有一套理論基礎可自圓其說。正如前文所述，「武俠小說世界」當中的諸法神通，都源自現實世界都會有的「內功」或「內丹」；其上乘武學理論，多取材自《易經》和《道德經》等中華典藉；內丹的修練之法，亦可從「現實世界」中輕易找得到。總的來說，「武俠小說世界」總有其極限，始終要與「現實世界」有交集，劇情不能太離譜，否則便會變得不好看。

此外，近年的「科幻電影」，藉電腦特效之助，什麼誇張的劇情也能「畫得出來」，而且十分逼真，起初觀眾也是津津樂道的。可是，當觀眾每年也看到美國各大城市，多次被不同的方法

「毀滅」之後，便會漸漸對各式各樣的電腦畫面感到越來越麻木。就是後來者如何超越前作，做得如何逼真，也未必可以再吸引到觀眾入場。由此可見，「越寫越誇張」的路線總有其極限；長遠來說，未必是一條很好的出路。

此外，這種「氣宗思想」的橋段，始終是千篇一律。主角練成「絕世內力」之前，自然是凶險萬分。可是，當他習得上乘內功之後，大都可「逢凶化吉」。某些練成「內功」的主角，甚至可把一流高手的拳勁自然反彈；縱然受傷，亦有法子可「運功療傷」，復原得特別快，不會有性命之虞。此外，習得高強的內功，縱然使出尋常的拳腳功夫，也幾近天下無敵，學習上乘招式，亦是輕而易舉之事。每當主角練成絕世內功之後，小說劇情的「張力」便會散去。試問當讀者得知張無忌練成「九陽神功」之後，還會擔心他的安危嗎？段譽身具「北冥神功」，隨時可以胡裡胡塗的吸人真氣，有事便以「凌波微步」逃走，逼不得已，更可以「時靈時不靈」的「六脈神劍」還擊。難道讀者還會擔心主角的性命安全嗎？

簡單來說，以「氣宗思想觀」寫成的「武俠世界」雖然有趣，但難免會墮入「越來越誇張失實」的陷阱，橋段千篇一律，情節不夠緊張刺激。因此，寫完「射鵰三部曲」和《天龍八部》之後，金庸在《笑傲江湖》裡，不得不尋求突破。

笑傲江湖的「劍氣之爭」

金庸寫完《天龍八部》後，並沒有以「越寫越誇張」或「敵人一個比一個強」的傳統模式寫下去。反而，在《笑傲江湖》的故事裡，作者搬出了「劍氣之爭」，反過來質疑多年以來，自己一手所建立的「氣宗思想觀」。

話說《笑傲江湖》中的華山派，因武學歧見而分成「氣宗」和「劍宗」兩支。掌門人岳不群以「氣宗代表」的身份說明，只要「氣功一成」，無論是使拳腳刀劍，都可以做到「無往而不利」；內力越深厚，就是平凡無奇的一招也能生出大威力。這亦暗合《天龍八部》中「逍遙派」所說的「內力為本，招數為末」的觀點。可是，聰明的讀者自然會問，內力雖然重要，但招式也不容忽視。如果單是氣功厲害，外招練不到家，也未必顯得出威力。在《笑傲江湖》裡，小師妹岳靈珊雖然武功平平，但卻早已提出這個想法，卻被父親岳不群駁斥：

岳不群哼了一聲，道：「誰說劍術不要緊了?要點在於主從不同。到底是氣功為主。」岳靈珊道：「最好是氣功劍術，兩者都是主。」岳不群怒道：「單是這句話，便已近魔道。兩者都為主，那便是說兩者都不是主。所謂『綱舉目張』，什麼是綱，什麼是目，務須分得清清楚楚。」

（《笑傲江湖》第九回）

「氣宗思想觀」並沒有全盤否定「招數」的重要，但卻認為重視「招式」是「邪道」。上乘武學始終是以「練氣」為主，即是說「內力」是「綱」，「招式」是「目」；有「主從之分」，始終是「氣功」為「主」，招數是「從」，亦即是所謂的「內力為本，招數為末」。為什麼要以「內力」是「主」呢？且看《天龍八部》中喬峰與段譽比拼腳力後，驚覺段譽身具極深厚的上乘內力，感到自愧不如，對段譽竟然不懂武功，更是「嘖嘖稱奇」：

喬峰向他查問了幾句，知他果然真的絲毫不會武功，不由得嘖嘖稱奇，道：「賢弟身具如此內力，要學上乘武功，那是如同探囊取物一般，絕無難處。」

（《天龍八部》第十四回）

由此可見，「內功」一成，不僅使任何一招都可生出大威力，而且學習任何上乘武功，就如「探囊取物」般容易。正如岳不群所言，不是說招式不重要，而是有「主從之分」。例如《倚天屠龍記》當中，張無忌練成「九陽神功」之後，可在半天之內便練完七層的「乾坤大挪移」。小說中的一等一高手楊逍，亦只練至第二層便無法突破；陽頂天亦練至第四層時，因撞破成昆與妻子私通而走火入魔。他們練了數十年也無法圓功，全因為內力不夠強。此外，現實世界中有所謂的「十年太極不出門」，偏偏張無忌由張三丰指點之下，可以做到「雖然所學還不到兩個時辰，卻已如畢生研習一般」的境界。因此，「內力為本，招數為末」，還不是很清楚嗎？

「氣宗思想觀」顯然是「金庸武俠世界」的「王道」，貫穿了「射鵰三部曲」及《天龍八部》等多部小說。其理論基礎更是條理分明。為何《笑傲江湖》的華山派之內，竟然還會有歧見？且看看「劍宗」是如何抗辯：

封不平插口道：「……岳師兄……誰不知道華山派是五嶽劍派之一，劍派劍派，自然是以劍為主。你一味練氣，那是走入魔道，修習的可不是本門正宗心法了。」

岳不群道：「封兄此言未免太過。五嶽劍派都使劍，那固然不錯，可是不論哪一門、哪一派，都講究『以氣御劍』之道。劍術是外學，氣功是內學，須得內外兼修，武功方克得有小成。以封兄所言，倘若只是勤練劍術，遇上了內家高手，那便相形見絀了。」

（《笑傲江湖》第十一回）

華山派「劍宗」代表封不平，一開口便已「相形見拙」。原來他所以「重劍」，只不過因為華山派是「五嶽劍派」之一！他認為既然「華山派」是「劍派」，當然是「以劍為主」了。這算是什麼「抗辯理由」呢？

「氣宗」岳不群即出言駁斥，但凡上乘武學，當首重「練氣」，講究「以氣御劍」。其實不僅是岳不群口中的「哪一門、哪一派都講究」那麼簡單，甚至乎是貫穿所有在《笑傲江湖》成書前的金庸武俠小說，有那一個主角不是「氣功」有成之後，才可踏入一流高手的境界？「重氣」的意思，絕非不練「劍術」，而是在「金庸武俠世界」裡，「內力」實在太重要了。只有練成極上乘的「內功」，才能發揮出大威力；若「內功」不成，縱有天下間最神妙的招式，也無法駕御，不僅無法練得成，所謂「畫虎不成反類犬」；勉強練下去的話，甚至乎可能會走火入魔，終生殘障，或有性命之虞。

這「氣宗思想觀」，不是已經說得非常清楚明白的嗎？「劍宗」的一眾師傅，還有什麼好說呢？

封不平冷笑道：「那也不見得。天下最佳之事，莫如九流三教、醫卜星相、四書五經、十八般武藝件件皆能，事事皆精，刀法也好，槍法也好，無一不是出人頭地，可是世人壽命有限，哪能容得你每一門都去練上一練？一個人專練劍法，尚且難精，又怎能分心去練別的功夫？我不是說練氣不好，只不過咱們華山派的正宗武學乃是劍術。你要涉獵旁門左道的功夫，有何不可，去練魔教的『吸星大法』，旁人也還管你不著，何況練氣？」

（《笑傲江湖》第十一回）

這又算是什麼抗辯理由呢？「氣宗」沒有說過不練劍，但如要練成好的劍法，豈能不練氣？遇上內家高手怎麼辦？封不平明顯理虧，講不過人家，又乘勢抹黑，說「氣宗」大可去練江湖上人人齒冷的「吸星大法」。如果有道理的話，又可須抹黑他人？

這場華山派的「劍氣之爭」，大可不必比了。劇情發展下去，我們見到「劍宗」高手成不憂以凌厲的劍法偷襲岳不群，一共四招。岳不群卻臉露微笑，坦然而受，一來看得出對方使的是虛招，二來，就算對方突然發難，亦肯定有反制之法。劍宗的招數雖然厲害，但岳不群的「紫霞神功」已有所成，養氣功夫極為了得，還沒有出手，已把對方的氣焰鎮壓住，做到「不戰而屈人之兵」。「氣宗」與「劍宗」高手過招，實已是高下立見。

此外，當年華山派生出「劍氣之爭」，到底是誰勝誰負呢？據「氣宗」掌門岳不群所說，原來當年華山派因這武學上的歧見越鬥越激烈，二十五年前曾在玉女峰上大比劍。最終，「劍宗」一敗塗地，大多數「橫劍自刎」，剩不沒有死去的也不再在江湖露面，「劍宗」一支，終於「煙消雲散」。

「劍宗」如何突破「氣宗思想」的框架？

金庸大師在《笑傲江湖》裡描寫這場「劍氣之爭」，自然為了尋求突破。到底我們如何可以推翻原有的「氣宗世界觀」？「劍宗」封不平的劍法雖高，但似乎武學識見一般，且不善言辭，與岳不群鬥嘴，自然是相形見拙。可是，「氣宗思想觀」亦有其局限，未必全對。其實，早在以

「氣宗為本」的《天龍八部》裡，已滲有對「氣宗思想」的些微修正，只是讀者未必會注意得到罷了。話說丁春秋打敗了同門的薛慕華之後：

薛慕華道：「我學這些招式，原意是想殺了你，可是……可是不論什麼精妙招式，遇上你的邪術，全然無用……唉！」說著搖頭長歎。丁春秋道：「不然！雖然內力為根本，招數為枝葉，根本若固，枝葉自茂，但招數亦非無用。你如投入我門下，我可傳你天下無雙的精妙內力，此後你縱橫中原，易如反掌。」

（《天龍八部》第三十回）

引文的重點是「招數亦非無用」。原來在丁春秋的眼裡，薛慕華只是內力不濟，但始終學了不少精妙招數，只要有內力補足，便可橫行天下。其實丁春秋的說法，已修正了「內力為本，招數居末」的「逍遙派」指導思想。而且，丁春秋能暗算師父，明顯不是靠內力較強，而且他縱橫江湖多年，其中依靠的正是用來「破氣」的「化功大法」。

此外，無崖子受二徒弟丁春秋暗算後重傷而殘廢，仍沒有立時把自身的七十餘年功力傳給他的大弟子蘇星河，似乎無崖子清楚知道，由於他本人也沒有練全「逍遙派」的所有武功，蘇星河所學駁雜，練武並不專心，縱然蘇星河功力大增，始終無法十拿九穩的勝過「一身邪術」的丁春秋。無崖子只得另覓英俊少年，打算傳授七十餘年內功給他後，再派他去找李秋水學習「逍遙派」的諸般神通，方能報得大仇。明顯可見，無崖子的一方，縱有七十餘年的「北冥真氣」加上自己所學的招式，仍不足以穩勝丁春秋，正是內力有餘而招數不足，只得求教於同門師妹李秋水了。此外，「重氣」的「逍遙派」，居然出了一個認為「招數亦非無用」的丁春秋，他不僅成功暗算師父，還練就一身邪術，誰說「招數居末」了？

當然，丁春秋「一身邪術」，以「化功大法」及「三笑逍遙散」橫行天下，雖能「以招破氣」，但始終出身於「逍遙派」，仍算是「氣宗人物」。

要真真正正的顛覆「氣宗思想觀」，就要細讀《笑傲江湖》，亦可先從華山派的「劍宗」理論基礎入手。封不平還不算是「劍宗」裡武功最高的一位，要數劍法最強，當然是風清揚風太師叔了。且看看令狐沖在思過崖面壁碰上風清揚，並學得「獨孤九劍」的一段：

風清揚道：「九劍的第一招『總訣式』，有種種變化，用以體演這篇總訣，現下且不忙學。第二招是『破劍式』，用以破解普天下各門各派的劍法，現下也不忙學。第三招『破刀式』，用以破解單刀、雙刀、柳葉刀、鬼頭刀、大砍刀、斬馬刀種種刀法。田伯光使的是單刀中的快刀法，今晚只學專門對付他刀法的這一部分。」

令狐沖聽得獨孤九劍的第二招可破天下各門各派的劍法，第三招可破種種刀法，驚喜交集，說道：「這九劍如此神妙，徒孫直是聞所未聞。」興奮之下，說話聲音也顫抖了。

（《笑傲江湖》第十回）

原來《神鵰俠侶》中的武林怪傑「劍魔」獨孤求敗，尚有「劍法」流傳後世。楊過巧遇神鵰，到「劍塚」窺知獨孤求敗的劍術境界，拿着「玄鐵劍」，得「鵰兄」誘導引領，在瀑布、雪地及怒潮中練劍，嚴格來說，所習者不過是獨孤求敗的「氣功」。獨孤求敗的「劍法」，要等到《笑傲江湖》才問世。

單看風清揚的對答中可見，「獨孤九劍」明顯是「練劍」的法門，極有條理，首先是「總訣式」，然後是「破劍式」、「破刀式」、「破槍式」、「破鞭式」、「破索式」、「破掌式」、「破箭式」和「破氣式」等等，一共九式。

簡單來說，「總訣式」就是以「天下劍法」作為根基，歸納了三百六十種變化，似乎企圖把天下間劍法都包含其中。掌握了天下劍法的諸般變化後，便按用劍者的思維，依次把武學分成八門。先是「破劍」，可「破盡天下劍招」，接着便是「破刀」。破解這些「短器械」之後，「破槍」便用來對付「長器械」。其後，則是破盡「鞭」和「索」兩門所組成的「奇門兵器」。最後三招，則是破解「拳腳功夫」、「暗器」和「氣功」等等。此外，每一式劍法，也包含了諸般變化。舉例說，「破刀式」，便至少有破解「單刀」、「雙刀」、「柳葉刀」、「鬼頭刀」、「大砍刀」、「斬馬刀」等諸般刀法。田伯光的刀法，則被歸納在「單刀」中的「快刀」。

值得注意的是，要學成這套武功，每一招的次序都不宜顛倒。儘管風清揚傳藝之際，時間倉促，要「即炒即賣」的先傳授「破刀式」予令狐沖，但他當時已有言明，最好還是學完「總訣式」和「破劍式」，否則始終無法把「破刀式」練得好。因為用劍的基本原理在「總訣式」、「破刀」的法門，亦不少是從第二招「破劍式」而來，所以不能忽略。由此可見，「獨孤九劍」破解天下武學，是從用劍者的角度出發，由近至遠，層次分明，絕不馬虎。風清揚這樣隨便解說，已可看到「獨孤九劍」的博大精深。

據令狐沖所憶述，風清揚從來沒有教過他練氣，傳授的全是「使招不使力」的竅門。因此，風清揚談及「獨孤九劍」之理論部份，可當成是「劍宗」的「指導思想」。金庸借風清揚之口，陳述「獨孤九劍」的系統之後，如何讓讀者進一步理解和信服呢？當然要舉例說明，且看看風清揚如何教令狐沖破解田伯光的快刀：

風清揚……說道：「這第三招『破刀式』講究以輕御重，以快制慢。田伯光那廝的快刀是快得很了，你卻要比他更快。以你這等少年，和他比快，原也可以，只是或輸或贏，並無必勝把握。至於我這等糟老頭子，卻也要比他快，唯一的法子便是比他先出招。你料到他要出什麼招，卻搶在他頭裡。敵人手還沒提起，你長劍已指向他的要害，他再快也沒你快。」令狐沖連連點頭，道：「是，是！想來這是教人如何料敵機先。」風清揚拍手讚道：「對……任何人一招之出，必定有若干徵兆。他下一刀要砍向你的左臂，眼光定會瞧向你左臂，如果這時他的單刀正在右下方，自然會提起刀來，劃個半圓，自上而下的斜向下砍。」

（《笑傲江湖》第十回）

原來其中的關鍵，就是要做到「料敵機先」，從對方的些微動作之中，看穿對方的意圖，從而找到招式上的破綻，自然可以做到「制敵死命」。因此可見，似乎「獨孤九劍」在「找尋破綻」上有獨到之秘。然後，就是有一系列的法門，可以「後發先至」的破敵，最終連一個「糟老頭兒」都可以破解年輕人的「快刀」，還不必用上內力，或消耗極少的內力便能做到。此外，風清揚還提及「出手無招」的概念，正式道出「無招勝有招」的境界。

值得一提的是，「獨孤九劍」的武學理論，重視「破解」，擅長「找尋破綻」從而「一舉制勝」，如「庖丁解牛」一樣，所謂「無招勝有招」，似乎有着「以無用之用乃為大用」的道家至理；這套武術的總訣式，還是取材自中土哲學：

只見風清揚屈起手指，數道：「歸妹趨無妄，無妄趨同人，同人趨大有。甲轉丙，丙轉庚，庚轉癸。子丑之交，辰巳之交，午未之交。風雷是一變，山澤是一變，水火是一變。乾坤相激，震兌相激，離巽相激。三增而成五，五增而成九……」

（《笑傲江湖》第十回）

說了半天，原來「獨孤九劍」算是中土武學，其理論基礎，亦是源自《易經》。風清揚的一席話，算是為「劍宗」重新建立其理論基礎，「體用」兩方面，算是表達了「體」的一端。至於如何「用」，則要看令狐沖用劍禦敵的部份了。且看看到底令狐沖如何仗着「獨孤九劍」大發神威。

「無招勝有招」的底蘊，其實始終是「各招渾成」

風清揚在正式傳授「獨孤九劍」之前，教令狐沖使劍要「活學活用、不必拘泥」。令狐沖以為最高的劍術境界是「各招渾成，敵人無法可破」，風清揚認為未必全對，從而道出「無招勝有招」的境界：

令狐沖……喃喃的道：「根本無招，如何可破？根本無招，如何可破？」……風清揚道：「要切肉，總得有肉可切……敵人要破你劍招，你須得有劍招給人家來破才成。一個從未學過武功的常人，拿了劍亂揮亂舞，你見聞再博，也猜不到他下一劍要刺向哪裡，砍向何處……真正上乘的劍術，則是能制人而決不能為人所制。」他拾起地下的一根死人腿骨，隨手以一端對著令狐沖，道：「你如何破我這一招？」

令狐沖不知他這一下是什麼招式，一怔之下，便道：「這不是招式，因此破解不得。」

（《笑傲江湖》第十回）

可是，想深一層，一個「不曾學過武功的人」算是「出手無招」，明明說是「無法破解」，為何又會「給人輕易打倒」呢？「上乘的劍術」又如何做到「能制人而決不能受制於人」呢？風清揚並沒有再解釋下去。現實生活中，所謂「人力有時而盡」，武俠世界裡的大威力始終並不存在，且人體結構其實十分脆弱，任你練就一身功夫，很多身體部位也是「碰不得」，根本不可能耐打，因此，武術高明的老師傅和一個不懂武技的尋常壯漢，實力始終不會天差地遠。如果說尋常壯漢「無招勝有招」，則明顯有「盲拳打死老師傅」的意味。

其實，金庸武俠小說中，亦有「盲拳打死老師傅」的情節：

澄觀……但見那女郎拳腳越來越亂，心想：「古人說道，武功到於絕指，那便羚羊掛角，無跡可尋。聽說前朝有位獨孤求敗大俠，又有位令狐沖大俠，以無招勝有招，當世無敵，難道……難道……」……澄觀大吃一驚，心道：「故老相傳，武功練到極高境界，坐在地下即可遙遙出手傷人，只怕……只怕……」腦中本已一片混亂，惶急之下，熱血上衝，登時暈了過去，慢慢坐倒。

（《鹿鼎記》第二十三回）

澄觀不通世務，心思遲鈍，後來再細想，才發現「兩位女施主」雖是「出手無招」，但嚴格來說，不過是「亂打一通」，其實用最尋常粗淺的少林拳法，已可把她們打倒了。那麼，「無招」又如何可以勝「有招」呢？

在現實的武術當中，所謂「招式」，並非指明是「一系列的攻防動作」；「招」是動態，「式」是靜態，所謂「招式」，亦不過是攻防的動靜之間。如果沒有「招式」，就沒有「攻防」，甚至乎談不上是「武術」。就正如風清揚隨手拾起一根死人腿骨，沒有「攻擊」、亦沒有「防守」，不成「招式」，根本不用理會。而且，「拾起一根骨頭」的式子既然連最起碼的「防守」也沒有了，如要攻擊他，老老實實的劈過去就是，何須想太多？

由此可見，所謂「出手無招」，不過是劍術境界的追求，並非法門。風清揚傳劍之時，始終是教令狐沖「活學活用」及「各招渾成」為主，難道他會要令狐沖一整天的去「拾骨頭」或「亂打一通」嗎？始終「活學活用」及「各招渾成」才是竅門，「出手無招」不過是意境罷了。及後，令狐沖幾番磨練之下，終於做到幾近「出手無招」的境地；最精彩的自然要數他與任我行在斗室之內比劍的情節：

那人（任我行）讚道：「很好！」木劍斜刺令狐沖左胸，守中帶攻，攻中有守，乃是一招攻守兼備的凌厲劍法……令狐沖第二劍早已刺到。那人木劍揮轉，指向令狐沖右肩，仍是守中帶攻、攻中有守的妙著。令狐沖一凜，只覺來劍中竟無半分破綻，難以仗劍直入，制其要害，只得橫劍一封，劍尖斜指，含有刺向對方小腹之意，也是守中有攻……二人你一劍來，我一劍去，霎時間拆了二十餘招，兩柄木劍始終未曾碰過一碰。令狐沖眼見對方劍法變化繁複無比，自己自從學得「獨孤九劍」以來，從未遇到過如此強敵，對方劍法中也並非沒有破綻，只是招數變幻無方，無法攻其瑕隙。他謹依風清揚所授「以無招勝有招」的要旨，任意變幻。

（《笑傲江湖》第二十回）

據作者所言，任我行劍法之強，內功之深，已是當世罕見，算是到了絕造之境。令狐沖被這幾近當世數一數二的高手迫逼，只得沉着應戰，才把「獨孤九劍」發揮得淋灕盡致。金庸進一步的解說，「獨孤九劍」雖說是追求「出手無招」，但其實卻以天下間的劍法為根基，諸般變化，層出不窮，連任我行也感到聞所未聞。正如風清揚傳劍之初，叫令狐沖把方位完全不同的劍招連上，做到「各招渾成」，這才是「無招勝有招」的底蘊：

那老者（風清揚）搖頭歎道：「令狐衝你這小子，實在也太不成器！我來教你。你先使一招『白虹貫日』，跟著便使『有鳳來儀』，再使一招『金雁橫空』，接下來使『截劍式』……」一口氣滔滔不絕的說了三十招招式。

那三十招招式令狐沖都曾學過，但出劍和腳步方位，卻無論如何連不在一起。

（《笑傲江湖》第十回）

簡單來說，純以一般劍理來說，使出「有鳳來儀」之後，可能最常用的就只會衍生出另外三、兩記劍招。縱然是劍術高手，也最多是連上七、八招劍式。而且，從劍理上，絕不可能接上

「金雁橫空」。但在風清揚的教導之下，卻「別出心裁」的把明明是劍理不通、本來無法連接得到的劍招都通統駁上去。臨敵之際，劍招選項大增，手上「籌碼」更多，自然教人無法知道你下一着會使什麼。從「各招渾成」入手，便漸進於「出手無招」和「無劍勝有劍」的境界了。

劇情發展下去，任我行純比劍術，只拆了四十餘招，已漸感吃力，只得把內力運到木劍之上，出劍之時，竟「隱隱有風雷之聲」，但依然無法打敗令狐沖。此刻的令狐沖體內有八道異種真氣，身受重傷，沒法提氣運勁，可謂內力全失，卻能「以劍破氣」，甚至乎任我行認為，就連風清揚也無此本領。直到此時，令狐沖的劍法才終於有大成。

這場比劍如何了結？任我行「以氣運劍」也打不贏，便連劍招或拳招也不用了，乾脆只運內力，直接以嘯聲把令狐沖震暈。畢竟，在「金庸武俠世界」裡，內力高強總會大佔便宜，咆吼狂嘯也能致勝。

「獨孤九劍」活像是「公開試精讀筆記」

在風清揚傳劍的情節裡，我們明顯看到「獨孤九劍」有不少「料敵機先」的竅門，擅長察看敵人招式的破綻和漏洞。但單是「料敵機先」還不足夠，還要有實實在在方法，可以最直接、最省力和最簡單的手段，把敵招破解。因此，「獨孤九劍」就好像把天下武術都重新編排，先總結了天下劍法，接着便把所有武學歸納分類，逐個針對，破盡短器械、長器械、奇門兵刃、拳腳功夫、暗器及氣功等等。

打個比喻，「總訣式」就如公開考試的「精讀筆記」或「應考參考書」，把課程的重點扼要總結說明。單是總結課程細節，學生未必可以通盤明白，要「活學活用」更是大大不易。所以，接着的八劍，便要破盡天下武學，就直如別出心裁的「模擬試題」一樣，且分門別類，方便索引，讓學生可透過操練「模擬試題」而對課程裡的每一個論點更加理解。學生只要多加操練，便會明瞭課程的重點、並熟習考試的模式和理解答題的技巧，等到真正考試時，自然會贏面大增。

除了「精讀筆記」之外，自然要有「舊試題倉庫」。話說「五嶽劍派」曾和魔教大戰，卻用上了一些卑鄙手段，把魔教十長老困在「思過崖」的山洞裡。魔教十長老深感不忿，在臨死前把「五嶽劍派」最常用及最厲害的絕招，都刻在石壁之上，還奉上了破解之法。諸般破招之法，顯是最直接、最厲害的妙着，且看看令狐沖起初看到這些招式時的想法：

霎時之間，他（令狐沖）對本派武功信心全失，只覺縱然學到了如師父一般爐火純青的劍術，遇到這使棍棒之人，那也是縛手縛腳，絕無抗禦的餘地，那麼這門劍術學下去更有何用？難道華山派劍術當真如此不堪一擊？

（《笑傲江湖》第八回）

原來令狐沖看到魔教十長老的破招之法，即連對本門劍法也完全失去信心，明顯可見這些破解之法，肯定十分高明。其時令狐沖的劍法修為有限，見識亦不夠廣，或許作不得準。但即連風清揚，雖認為單論武學境界，魔教十長老還不算是最厲害，但純看這些破招的「範例」，也感到十分佩服：

風清揚歎了口氣，說道：「這些魔教長老，也確都是了不起的聰明才智之士，竟將五嶽劍派中的高招破得如此乾淨徹底……」

（《笑傲江湖》第十回）

如果說「獨孤九劍」像是「精讀筆記」或「應考參考書」，那麼「思過崖」的山洞裡，魔教十長老所留下的「五嶽劍派絕招」和「破解之法」，就更加似是一個「舊試題倉庫」一樣。而且，原來這些「舊試題」年代久遠，不少最精妙、最艱深的題目，亦早已失傳，即連「考試局」也沒有備份。當世五嶽劍派的劍招，甚至乎無法招越石壁上所記：

風清揚指著石壁上華山派劍法的圖形，說道：「這些招數，確是本派劍法的絕招，其中泰半已經失傳……」

（《笑傲江湖》第十回）

此外，魔教十長老明顯就是「補習天王」，不僅在「思過崖」山洞裡，成立了一個「舊試題資料庫」，還提供了「標準答案」，教導考生可以最簡單、最直接和最精準的方式作答。才智高超之士可「活學活用」，操練一下「舊試題」，自然可以事半功倍，應試時更是得心應手；平庸之輩，至少亦可把「標準答案」死記硬背，依樣葫蘆的作答，考試成績亦肯定不會太差。

令狐沖習得「獨孤九劍」後，先是破了田伯光的快刀；在田伯光眼裡，彷佛令狐沖的每一招，都像是其快刀的剋星。不久，令狐沖又遇上了華山派的「劍宗」成不憂。成不憂一出手的四招劍法，原來卻是一招四變，令狐沖早在「思過崖」山洞之石壁上看得清清楚楚，更知道破解之法。就算他沒有學「獨孤九劍」，也可用魔教十長老的破解成不憂的劍招。其後，令狐沖身受重傷，無法運氣，被迫以還未純熟的「獨孤九劍」與「劍宗」封不平作戰。令狐沖最終所以能夠獲勝，除了是生死繫於一線，潛能爆發而瞬間領悟「獨孤九劍」的精要之外，原來封不平的一百零八式「狂風快劍」，雖然連華山派掌門岳不群也似乎未見識過，但卻偏偏包含在魔教十長老所記下的華山派絕招之內。對令狐沖來說，「狂風快劍」的招式，當可以「獨孤九劍」破解；破招之法，亦可從魔教十長老的「舊試題倉庫」中找得到。

總的來說，「獨孤九劍」正如「精讀筆記」；魔教十長老就像是「補習天王」，在石壁留下的招式，更似是「舊試題倉庫」，並奉上「標準答案」。《笑傲江湖》的武林世界裡，就只風清揚和令狐沖擁有這部「精讀筆記」，亦只有他們才見識過那個「舊試題倉庫」。令狐沖悟性高，又讀過「精讀筆記」，自然輕輕鬆鬆的成為「高材生」了。

到底金庸在建構「獨孤九劍」的理論基礎時，有沒有聯想起「精讀筆記」和「舊試題倉庫」呢？

話說金庸在初中三年級時，看到許多學生為準備考高中試而苦讀苦熬，便靈機一觸，夥拍三位同學，搜集了許多中學招考試題，加以分析解答，並以一種方便索引查閱的方式編輯成冊，完成了一部名為《獻給投考初中者》的「應考參考書」。其後，三人還自組發行，這部「應考參考書」十分暢銷，從麗水、江西、福建和安徽都大賣，金庸等人也大賺一筆。

既然金庸有過編寫「精讀筆記」的經驗，還搜集了眾多試題，並曾逐一加以解答，不就是有點「魔教十長老」的風範嗎？把題目分門別類，以「方便索引查閱」的方式編成參考書，不就是「獨孤九劍」把天下武學都歸納分類，並逐一破解的方法嗎？

想深一層，循序漸進的把課程唸好，把基礎打穩，就像是「練內功」一樣，學術基礎越好，熟能生巧，便可應付不同的考試題目。但反過來說，專看「精讀筆記」，不停操練「模擬試題」或「舊題目」，亦是應付考試的好方法，不就是「劍宗」的路徑嗎？

那麼，金庸在杜撰「獨孤九劍」時，又是否想起過當年曾編寫的那部《獻給投考初中者》呢？

大家可能忽略了「獨孤九劍」之快

「獨孤九劍」除了「以天下劍法為根基」，並條理分明的把天下武術逐一擊破，能做到「料敵機先」、「各招渾成」之外，其運劍的手段也是極快。所謂「天下武功，唯快不破」；這一至理，其實在《神鵰俠侶》中，楊過一邊苦等小龍女十六年之約，一邊推敲獨孤求敗「木劍」及「無劍勝有劍」的境界之時，早已想得一清二楚：

> 於是折攀樹枝，削成一柄木劍，尋思：「玄鐵劍重近七十斤，這柄輕飄飄的木劍要能以輕制重，只有兩途：一是劍法精奧，以快打慢；一是內力充沛，恃強克弱。」
>
> （《神鵰俠侶》第三十二回）

楊過沒有找到「獨孤求敗」所留下的秘笈，神鵰亦始終非通靈，無法習得其「以快打慢」的「劍法」，主要還是「練氣」為主。他得神鵰的引領，在東海岸邊與怒潮相抗而功力大增，反覆六年，先是練至極重，然後極輕，最終做到輕重隨心、收放自如，始得大成。值得一提的是，現實武學之中，發出來的力量越大，原理上，速度也越快，兩者實無抵觸，甚至乎是相輔相乘；只要方法正確，當可做到又快又重。無論如何，「以快打慢」正是「以劍破氣」的其中一個法門；獨孤求敗能做到「無劍勝有劍」，這個「快」字，實不可缺少。

到底「獨孤九劍」的劍招有多快呢？話說令狐沖身受重傷，卻被十五個左冷禪派來的黑道高手圍攻，明明是九死一生了：

只聽得那蒙面老者道：「大夥兒齊上，亂刀分屍！」令狐沖……長劍倏出，使出「獨孤九劍」的「破箭式」，劍尖顫動，向十五人的眼睛點去。只聽得「啊！」「哎唷！」「啊喲！」……十五名蒙面客的三十隻眼睛，在一瞬之間被令狐沖以迅捷無倫的手法盡數刺中。

獨孤九劍「破箭式」那一招擊打千百件暗器，千點萬點，本有先後之別，但出劍實在太快，便如同時發出一般。這路劍招須得每刺皆中，只稍疏漏了一刺，敵人的暗器便射中了自己。令狐沖這一式本未練熟，但刺人緩緩移近的眼珠，畢竟遠較擊打紛紛攢落的暗器為易，刺出三十劍，三十劍便刺中了三十隻眼睛……令狐沖……俯身撿拾長劍，哪知適才使這一招時牽動了內力，全身只是發戰，說什麼也無法抓起長劍，雙腿一軟，坐倒在地。

（《笑傲江湖》第十二回）

由此可見，「獨孤九劍」不僅是「料敵機先」這麼簡單，能做到「後發先至」，其一是可瞬間察看到對方招數上的破綻，其二正是出招極快。「破箭式」居然可以運劍來打落四方八面攻來的暗器，使劍之快和準繩，實已到了匪夷所思的地步。

其實，金庸在這一橋段裡，已有一點「打茅波」，並沒有遵守自己一直以來所定下的規矩。在「金庸武俠世界」裡，諸法神通皆以「內功」或「內丹」作為基礎。現實世界裡不可能的事，只要附有內功，就可以把「不可能」的都在小說世界裡逐一實現。可是，試想想，令狐沖竟能在一剎那間便刺中三十隻眼睛，其準繩之高也罷了，但在沒有內力之下，他怎可能使劍使得這麼快？

查大俠妙筆生花，先是向讀者解釋，這是「破箭式」的竅門。然後，讀者也會跟隨着作者的思路去想，這一劍本來是用來打暗器的，刺人眼睛自然容易得多。令狐沖此刻不過是以奇招忽施偷襲，才可以一舉成功。

可是，讀者可以想深一層，在「金庸武俠世界」裡，如果內力全失，凡人又怎能在一剎那間連出三十劍，且每劍皆中？因此，查大俠最後還補上了一句「適才使這一招時牽動了內力」，輕輕帶過。由此可見，這一招「破箭式」如鬼如魅，快似閃電，也不可能完全「使招不使力」，總要牽扯到一點「內力」才行。雖說查大俠有點「打茅波」之嫌，但單只一句「牽動了內力」，又能「自圓其說」起來。而且，這一段解釋說得十分出色，非常好看。

無論如何，在《笑傲江湖》的世界裡，一個「內力全失」的人，以「獨孤九劍」運劍，僅是「牽動了內力」，便可以在一息間連出三十劍，已到了不可思議的地步，可以算是「天下第二快」。那麼，「天下第一快」又是那一門武功呢？讀者當然清楚知道：

> 那日在黑木崖上與東方不敗相鬥，東方不敗只握一枚繡花針，可是身如電閃，快得無與倫比，雖然身法與招數之中仍有破綻，但這破綻瞬息即逝，待得見到破綻，破綻已然不知去向，決計無法批亢搗虛，攻敵之弱。是以合令狐沖、任我行、向問天、盈盈四大高手之力，無法勝得了一枚繡花針。令狐沖此後見到岳不群與左冷禪在封禪台上相鬥，林平之與木高峰、余滄海、青城群弟子相鬥。他這些日子來苦思破解這劍招之法，總是有一不可解的難題，那便是對方劍招太快，破綻一現即逝，難加攻擊。
>
> （《笑傲江湖》第三十六回）

東方不敗練成「葵花寶典」上的武功，僅以一枚「風吹得起，落水不沉」的繡花針，周旋於令狐沖、任我行、向問天和上官雲等四大高手之中，若非任盈盈出手傷楊蓮亭以擾東方不敗心神，似乎東方不敗力戰四人，還可取勝。此外，他曾以一枚繡花針便把令狐沖的長劍蕩開，劍術之巧，勁力之強，實可稱得上是「天下第一」。在令狐沖眼裡，東方不敗的招式並非完全沒有破綻，但由於動作太快，破綻瞬息即逝，無法攻破，簡單來說，相比起「葵花寶典」來說，「獨孤九劍」就是不夠快。

總括以上的觀點，「獨孤九劍」以天下劍法為根基，然後把所有武術分門別類的逐個擊破，教導人家如何「料敵機先」和「後發先至」，實有如「公開考試精讀筆記」或「應試參考書」，「魔教十長老」把「五嶽劍派」的絕招逐一記錄在石壁上，並提供最直接的破解之法，亦像是「舊試題」或「模擬試題」的倉庫。練習者以此為根基，便可逐漸做到「各招渾成」，再追求「無劍勝有劍」和「無招勝有招」的境界。

此外，「獨孤九劍」尚有不傳之秘，除了擅找人破綻之外，運劍也是極快，只略比「葵花寶典」的劍招慢，稱得上是「天下第二快」。

風清揚「傳劍」之時，表現了其「體」的一方面；令狐沖的每一場戰鬥，都展示了其「用」的一方面，兩者合起來，便能全面表達了一套完整的武學理念，在「氣宗」為主導的世界之外，正式建立了「劍宗思想觀」。

原來「劍氣之爭」，居然與「葵花寶典」有關

所謂的「劍氣之爭」，其實各得一偏，當中帶有中華哲學的二元論之味道。嚴格來說，「劍氣之爭」亦不過是學術研究，豈能算是岳不群口中的「正邪之爭」？劇情發展下去，我們才知道，原來華山派「劍氣之爭」，卻全因有華山派上代高手偷看「葵花寶典」而起：

方證……轉頭又向令狐沖道：「據說華山派有兩位師兄弟，曾到莆田少林寺作客，不知因何機緣，竟看到了這部《葵花寶典》。」

……方證又道：「其實匆匆之際，二人不及同時遍閱全書，當下二人分讀，一個人讀一半，後來回到華山，共同參悟研討。不料二人將書中功夫一加印證，竟然牛頭不對馬嘴，全然

合不上來……兩個本來親逾同胞骨肉的師兄弟，到後來竟變成了對頭寃家。華山派分為氣宗、劍宗，也就由此而起。」

（《笑傲江湖》第三十回）

東方不敗學通了「葵花寶典」的武功，出手極快，內力亦深，招數兔起鶻落，極盡變幻之能。綜合幾方面的證據，我們或可推測得到，「葵花寶典」亦應該分「內功」和「劍法」兩部份。「氣宗」看到的是「氣功」的部份，「劍宗」則注意到「劍法」的部份。「氣宗」認為練好「氣功」，才可以使出這麼厲害的劍法，「劍宗」則看到其劍法的部份，認為劍招極巧極快，才是重點。二人都不知「葵花寶典」另有「自宮練氣」的法門，武功秘笈又被魔教搶去，便生出「劍氣之爭」了。

「劍宗」的諸般局限

金庸建構了「劍宗思想觀」之後，並沒有完全推翻「氣宗」。反而是為「獨孤九劍」設下種種局限。

主角只能用劍：

《笑傲江湖》中對主角的一大局限，就是令狐沖所擅長的，不過是劍法，以「獨孤九劍」打敗對手，就只能用劍。如果他手上沒有劍，則連尋常高手也打不過。

故事裡，令狐沖有大部份時間都是受傷的，還有不少時候是「內力全失」，拳腳功夫也用不到，被逼用上「使招不使力」的法門，只能硬着頭皮以《獨孤九劍》當中那些幾近同歸於盡的險招制勝。如果他手上沒有長劍，更使不出「獨孤九劍」，恐怕連最尋常的江湖好手之拳腳也抵敵不住。

正如早前所說，「氣宗思想觀」下的故事不是不好看，只是當主角練成神功之後，便沒有什麼看頭了。令狐沖則不同了，有很長的時間連內力也失掉，只能勉強運劍抗敵，熟知人家的劍招，或找到敵人的破綻，才可勉強致勝，否則便會葬命，每一場比拼也是性命相搏。就算面對尋常好手，如找不到劍，也只能逃跑，偏偏內力全失，要跑也跑不快，這不是刺激得多嗎？

主角不擅「破掌」、「破氣」：

《獨孤九劍》只有運劍之法，令狐沖要再有奇遇，習得「吸星大法」，把體內的異種真氣化為己用，才算是「劍氣合一」，成為真正的高手。可是，他仍非十項全能，局限不少。例如，金庸補充，令狐沖不擅拳腳功夫，其後內功雖高，但修為有限，所以最艱難的「破掌式」及「破氣式」便練得不怎麼像樣。由於令狐沖本身的氣功及拳腳功夫也不是練得那麼好，這「破掌」及「破氣」兩招，便未必可使得到家了。

左冷禪早已打聽得清楚，知道令狐沖的局限，曾想過只須以擅使拳腳的高手圍攻，趁令狐沖還未來得及拔劍前偷襲，當能制住他。此外，令狐沖曾看過方證大師和任我行赤手空拳的比鬥，也自問不甚看得懂，只可以長劍一味搶攻，才有勝望，這情況與力戰東方不敗時有點相似。到底令狐沖是否真的無法打敗用拳腳的高手呢？

在故事裡，他至少曾打敗過嵩山派的高手樂厚，破了他的掌法。整部小說當中，我們亦不曾見過如左冷禪等高手碰上令狐沖，會棄劍不用，反過來以赤手空拳攻向他的長劍。由於在現實世界裡，手上有兵刃當然大佔便宜，面對敵人，絕無棄劍不用之理；這講法太過偏離現實，金庸亦沒有詳寫。

此外，除了任我行曾運內功、以嘯聲把令狐沖震暈之外，我們亦不曾見過有絕頂高手成功以

「氣功」把令狐沖打敗。因此，這兩種所謂的局限，是否真的成立呢？這就不得而知了。

當遇上出手更快的敵人：

「獨孤九劍」的另外一個局限，自然是在面對「葵花寶典」和「辟邪劍法」之時。由於對方的運劍速度太快，其破綻一閃即逝，無法攻破。正如剛才所言，在《笑傲江湖》的世界裡，「獨孤九劍」算是「天下第二快」。面對「天下第一快」的「葵花寶典」或「辟邪劍法」，自然居於下風了。等到故事的末端，岳不群以新近練成的「辟邪劍法」對付令狐沖，在最關鍵的時刻，令狐沖才知道，由於其「劍招」太快，「破綻一現即逝」，無法攻破，「劍招」上稱得上沒有「破綻」，但「劍法」上尚有破綻，就是這些出奇的快劍招式，總有用完的一天，因此不免重覆。只要一重覆，令狐沖便能搶先攻破敵人的劍招。令狐沖在比劍之初尚無致勝把握，等到最後的關頭才找到對方「劍法」上的破綻，劇情緊張刺激之極。

漆黑一片，無法使「獨孤九劍」：

既然「獨孤九劍」專門找敵人的破綻，如果在天黑無光之際，便無法看到人家的招式中的破綻，「獨孤九劍」便無法施展開去。在故事裡，主角至少有兩次這種經歷。

其中一次，令狐沖受嵩山派的「白頭仙翁」卜沉和「禿鷹」沙天江圍攻。由於在周遭無光，敵人雖然劍法遠不及令狐沖，但武學修為高，「聽風辨形」之能明顯較強，令狐沖在黑夜裡卻無法看清對方招數之破綻，因此連環中招，受傷不輕，要一直支撐到天亮時才可一舉致勝。

另外一次，則在思過崖的山洞裡，一眾泰山、衡山和嵩山派高手，被岳不群邀請前來，卻被瞎了眼的左冷禪、林平之和十五名「瞎眼高手」堵塞了洞口，火把盡數掉落後，洞內漆黑一遍。左冷禪和林平之已練成「聽風辨形」之技，令狐沖在漆黑一片的山洞中，反而成了「瞎子」，無法抵禦，幸而混亂間執得一條魔教十長老留下的骨頭，並生出鬼火鱗光，仗着這點點星光，才可反敗為勝。小說中亦清楚談及「獨孤九劍」的這個局限：

> 「獨孤九劍」的要旨，在於一眼見到對方招式中的破綻，便即乘虛而入，後發先至，一招制勝，但在這漆黑一團的山洞之中，連敵人也見不到，何況他的招式，更何況他招式中的破綻？處此情景，「獨孤九劍」便全無用處。
>
> （《笑傲江湖》第三十八回）

令狐沖先後兩次在「漆黑一片」的環境裡，無法看到敵人的破綻，因此無法使出「獨孤九劍」制敵。另一方面，敵人的武學修為夠高，或本身就是瞎子，懂得「聽風辨形」，在沒有光之前，令狐沖就只能「死守」。值得一提的是，「案發」之時，令狐沖已習得「吸星大法」，內力深厚之極，但沒有正式練過「聽風辨形」之技，始終不是一眾老江湖的對手。

儘管漆黑一片之際，「獨孤九劍」無用武之地，但小說裡亦看到有一些例外：

令狐沖聽得他躍起的風聲，一劍刺出，正中其胸。那瞎子大叫一聲，摔下地來。這麼一來，眾人已知他二人處身的所在，六七人同時躍起，揮劍刺出。令狐沖和盈盈雖然瞧不見眾瞎子身形，但凸巖離地二丈有餘，有人躍近時風聲甚響，極易辨別，兩人各出一劍，又刺死了二人。

（《笑傲江湖》第三十八回）

從這一個段落當中，我們明顯可見，令狐沖始終是名門大派弟子，加上練成「吸星大法」之後，內力渾厚之極，並非完全不懂得「聽風辨形」；相類近的情節，亦在較早前的段落出現過：

……令狐沖此刻不但劍法精奇，內功之強也已當世少有匹敵，聽到金刃劈風之聲，內力感應，自然而然知道敵招來路，長劍揮出，反刺敵人手腕。

……嵩山派三名高手接連變招，始終奈何不了令狐沖分毫，眼見他背向己方，反手持劍，劍招已神妙難測，倘若轉過身來，更怎能是他之敵？

（《笑傲江湖》第二十五回）

在這一段落裡，金庸已清楚說明，令狐沖內力深厚，已有「聽風辨形」之能，單是聽到「金刃劈風之聲」，便能「自然知道敵招來路」，更可輕鬆使出「獨孤九劍」一舉制敵。因此，「獨孤九劍」以劍法為主，但令狐沖另有補足，學了「吸星大法」，內力渾厚之下，內力感應，就算背着敵人也能把他們打敗。

這幾段引文合起來推敲，令狐沖內力深厚，自然已有「聽風辨形」之能，但畢竟年輕，始終沒有正式練過，比不上一眾武林老手及瞎子，難免會處於下風。但無論如何，只要令狐沖略為掌握到敵人的動態，縱然在黑夜，仍能使出「獨孤九劍」制勝。以上的劇情可見，令狐沖在黑夜裡，仍不算是完全處於捱打的局面。可是，他始終是仗着深厚的內力才可保命，這正正反映出

「獨孤九劍」及「劍宗」的不足。

如果主角沒有高強的內力，不精通「聽風辨形」，單使「獨孤九劍」，又能否在黑夜裡保得住性命呢？

令狐沖……心中陡地一亮：「是了，今日的局面，不是我給人莫名其妙的殺死，便是我將人莫名其妙的殺死。多殺一人，我給人殺死的機會便少了一分。」長劍一抖，使出「獨孤九劍」中的「破箭式」，向前後左右點出。劍式一使開，便聽得身周幾人慘叫倒地……

（《笑傲江湖》第三十八回）

畢竟，「獨孤九劍」的運劍之法極巧，「破箭式」一招更是快得出奇，可在一瞬間連發三十劍，實是世界罕見，以這「天下第二快」的使劍速度，一出手便可連殺多人，未必一定會輸，只是沒有這麼十拿九穩罷了。令狐沖在這漆黑的山洞裡，除了以快劍殺人之外，亦曾以長劍急速在身前揮動，組成一道劍網，以防止有人攻來。簡單來說，仗着出劍夠快，或出劍殺人，或組劍網防守，其實還不算是一籌莫展。

主角的江湖經驗不足：

除了以上諸般限制之外，金庸還替主角設下更多的局限。話說令狐沖得逢奇遇，習得「獨孤九劍」和「吸星大法」，內力和劍術都忽然大進，但始終太年輕，正如一些年紀輕輕的「暴發戶」般，雖是「財大氣粗」，但技藝上不夠細緻，經驗始終及不上人家的幾十年修為。

除了「獨孤九劍」有其局限，「吸星大法」又會被「真氣反噬」之外，令狐沖的臨敵經驗始終比不上一眾江湖老手，曾不只一次的被人暗算偷襲。有一次，就是與向問天結交的一段，二人受正派中人圍攻，令狐沖胡裡胡塗的被嵩山派樂厚制住。好在樂厚也是個人物，竟忍手不殺，令狐沖才保得住生命。另外一次，令狐沖被「啞婆婆」無聲無色的偷襲。直到有劍在手，才輕鬆的把她打敗。

主角的能力有局限，故事才會好看：

一直以來，金庸武俠小說裡的主角練成武功後，都幾近「十項全能」。郭靖、楊過、張無忌和蕭峯等等的內功深厚，武功高強之極，且能做到「一法通、萬法通」的境界，天下武術，幾近無不通曉，可謂「無往而不利」。《笑傲江湖》展示的世界，則有所突破，與前作不同。由於

「劍宗」武學有其局限，「獨孤九劍」尚有不少限制，加上主角劍術雖高，但拳腳功夫平平，臨敵經驗始終不及江湖老手，絕非萬能，且尚有大部份時間都是內力全失。幾乎每一場大小戰役，主角都要鬥智鬥力，多次還有性命之虞。由於有諸般局限，整部小說的劇情便變得更加緊張刺激。總的來說，這「劍宗武學」實比之前的「氣宗武學」寫得更出色、更好看。

到底華山派「劍氣之爭」，誰是誰非？

金庸建構了一個「氣宗思想觀」主導的奇幻武俠世界；同時間，在《笑傲江湖》的世界裡，又創立了另闢蹊徑的「劍宗」。那麼，華山派的「劍氣之爭」，到底誰對誰錯？

理論上，「氣宗」和「劍宗」都只是側重了其中一面，可謂各得一偏。楊過在怒潮中練劍，學成獨孤求敗的「氣功」後，尚要把從前所學的諸般武技逐一融匯貫通，創下「黯然銷魂掌」。令狐沖習得「獨孤九劍」後，學通了其「劍術」的部份，至於「內功」方面，則有「吸星大法」把體內的異種真氣化為已用。由此可見，最理想的情況，當然是「劍氣雙修」，最終做到「劍氣合一」。其實這種道理十分淺白，即連武功低微的華山派小師妹岳靈珊也想得通：

岳靈珊道：「我想本門武功，氣功固然要緊，劍術可也不能輕視。單是氣功厲害，倘若劍術練不到家，也顯不出本門功夫的威風。」

（《笑傲江湖》第九回）

華山派的高手武功越高，見識越廣，反而有所偏執，才會不接受這種講法。每當一種觀念形成，逐漸多人取信，最終成為「信仰」之後，便會有一定程度的「排他性」，甚至會有人把不同的意見當為「邪道」。深陷其中的人，就算連最淺白的道理，也不會願意聽，更加不容你作理性的討論。這種情況，相信大家在現實生活中也經常會遇到。

此外，「劍宗」和「氣宗」分成兩支，爭做「華山派正宗」；一派之內同室操戈，已並非武學歧見那麼簡單，而是明顯的權力鬥爭，已不是講道理的時候了。

若從「金庸世界」的角度看，「氣宗」又比「劍宗」勝一籌。一直以來，金庸武俠小說都有着極濃厚的「氣宗思想觀」，任何誇張失實的大威力，都是從「內功」而來。而且，只要練成內功，學習諸般武技，便如「探囊取物」般容易，何不練好內功再算？因此，在「金庸世界」裡，岳不群認為「內功是本、招數居末」，並沒有什麼不妥。此外，「劍宗」的武學明顯有諸般局限，「獨孤求敗」的劍術雖然是十分高明，但尚有其限制，不就是證明了「氣宗」才是最正統嗎？

據岳不群所言，二十五前的一場「正邪大戰」，「氣宗」的前輩仗着深厚的內力，以拙勝巧，打敗了「劍宗」的高手。華山派一連損折了二十多名高手，「劍宗」的師父「被自刎」，沒有死的便退隱。這不就是「氣宗」始終比「劍宗」強的證明嗎？

可是，讀者當然知道，岳不群其實是「偽君子」，說話不盡不實，原來所謂的「正邪大戰」，卻另有隱情：

沖虛道：「當年武林中傳說，華山兩宗火併之時，風老前輩剛好在江南娶親，得訊之後趕回華山，劍宗好手已然傷亡殆盡，一敗塗地。否則以他劍法之精，倘若參與鬥劍，氣宗無論如何不能佔到上風。風老前輩隨即發覺，江南娶親云云，原來是一場大騙局，他那岳丈暗中受了華山氣宗之托，買了個妓女來冒充小姐，將他羈絆在江南……」

（《笑傲江湖》第三十回）

當年，「氣宗」打贏了這場戰役，全因為使奸計把風清揚引開，贏得絕不光彩。在《笑傲江湖》的世界裡，「劍宗」風清揚的劍術高明，應當屬絕頂高手之列，遠非岳不群可比。就算不把風清揚計算在內，「劍宗」另有高手封不平，他的一百零八式「狂風快劍」亦是非同小可，「劍法」明顯比還未練成「辟邪劍法」的岳不群凌厲，「內力」亦不見得較弱。由此可見，「劍宗」雖然以練劍為主，但並非放棄內力，「劍宗」高手，反而率先做到「劍氣合一」：

這套「狂風快劍」果然威力奇大，劍鋒上所發出的一股勁氣漸漸擴展，旁觀眾人只覺寒氣逼人，臉上、手上被疾風刮得隱隱生疼，不由自主的後退，圍在相鬥兩人身周的圈子漸漸擴大，竟有四五丈方圓。

此刻縱是嵩山、泰山、衡山諸派高手，以及岳不群夫婦，對封不平也已不敢再稍存輕視之心，均覺他劍法不但招數精奇，而且劍上氣勢凌厲，並非徒以劍招取勝……

（《笑傲江湖》第十二回）

「以氣功為本」可算是「金庸武俠世界」裡的「普世價值」。岳不群向門人闡釋這「大道理」，也說得條理分明，十分動聽。可是，把這「大道理」套入華山派之情況，又是否一定合適?是否符合華山派的「國情」?

單以華山派的「武學倉庫」來評論，「劍宗」手上最高深的武學，自然是「獨孤九劍」，其次才是以上的一套「狂風快劍」;「氣宗」所恃的，就只有「紫霞神功」。令狐沖以「獨孤九劍」遨鬥天下群雄，敗盡高手;岳不群的「紫霞神功」雖然高明，但明顯頗不及少林派的「易筋經」，也不見得比武當派高明。即使是魔教中的「吸星大法」或左冷禪的「寒冰真氣」，亦明顯更勝一籌。岳不群練了數十年的「紫霞神功」已有大成，但實力亦只屬中上而已。他明顯知道華山派「氣宗」的局限，自知單以這一手「氣功」，還不足以稱雄，所以才這麼用心的佈局巧奪「辟邪劍譜」。岳不群為了稱霸，除了對「辟邪劍譜」窺伺已久之外，即連華山派「劍宗」的絕招也不放過。話說在少林寺裡，岳不群與令狐沖交手:

岳不群施展平生絕技，連環三擊，仍然奈何不了令狐沖，又聽得眾人的叫喚，竟是都在同情對方，心下大是懊怒。這「奪命連環三仙劍」是華山派劍宗的絕技，他氣宗弟子原本不知。當年兩宗自殘，劍宗弟子曾以此劍法殺了好幾名氣宗好手。

(《笑傲江湖》第二十七回)

最主要的問題是，華山派的「氣功」始終沒有這麼厲害。岳不群以「紫霞神功」對付尋常高手尚可，但還不足以打敗少林派方證、武當派沖虛和嵩山派的左冷禪，亦比不上魔教的任我行。「氣宗」門人太側重「氣功」，看到人家的「劍法」厲害時便斥之為「邪道」，根本發揮不到華山派的長處。「偽君子」岳不群是一位聰明人，雖然以「氣宗」自居，嘴裡說得動聽，但行動最實際，還不是乖乖的走去偷學「劍宗」的絕招？

最後，我們再看一次「劍宗」封不平的那一席話：

封不平插口道：「……岳師兄……誰不知道華山派是五嶽劍派之一，劍派劍派，自然是以劍為主。你一味練氣，那是走入魔道，修習的可不是本門正宗心法了。」

……封不平冷笑道：「……一個人專練劍法，尚且難精，又怎能分心去練別的功夫？我不是說練氣不好，只不過咱們華山派的正宗武學乃是劍術……」

（《笑傲江湖》第十一回）

相信讀者起初看到封不平的這一段說話，都覺得他胡說八道，滿口歪理。封不平的辭令遠不及岳不群，甚至乎令人生厭。可是，他的一席話雖然沒有很深厚的理論基礎，亦說得毫不動聽，但卻道出了實情。

真相始終是，華山派所擅長的，其實是「劍術」；能夠與天下群雄較一日長短的，亦只有「劍術」。而且天下武功包羅萬有，太多太廣，習武是「有崖隨無崖」，如果要把華山派發揚光大，最紮實的做法，自然是要先練好華山派最擅長的「劍術」。這「劍宗」的取態，才真正符合華山派的「國情」。

「氣宗」純因自己的道理說得動聽，就妄顧「客觀事實」，以「正宗」自居，排斥了「劍宗」，還把對方當成是「邪道」，並趕盡殺絕，見到對方有厲害的絕招，卻又毫不要臉的來偷學，十分卑鄙下流。反過來說，「劍宗」雖然專練「劍術」，但從來沒有排斥「練氣」，只是反覆強調「劍術」才是華山派所擅長的。那一方做學問的態度才算正確呢？

事實和真相，說起來往往毫不動聽；務實的作風，亦不會這麼容易受人欣賞。反而，滿口「大道理」而妄顧實情的人，更容易取信於人。「氣宗」一席話，不僅能騙過「外行人」，還可讓天下各大門派都折服。他們能說會道，輕易迷惑大眾，甚至乎大權在握，呼風喚雨。

所謂「戲如人生」，相信讀者亦不會對這種情況感到太陌生。

三、也談談「氣宗」的局限

「劍宗武學」寫得十分出色，是因為有其條件限制。由於《笑傲江湖》的主角令狐沖只擅長劍法，精通的「獨孤九劍」雖然厲害，但亦有其局限，絕非無所不能，每一場戰鬥都是性命相搏，劇情才會這麼緊張刺激。由此可見，「有局限」總比「無往而不利」好看。

其實，金庸在描寫「氣宗武學」時，雖然越寫越誇張，但亦不時設下諸般限制；「氣宗」亦有不少局限，始終有別於其他「玄幻神魔小説」或「修真小説」等等。

關於「劈空掌」和「隔空取物」的局限

若談及掌法，讀者第一時間想到的，自然是「降龍十八掌」了。在電視劇裡，我們總會看到洪七公、郭靖和蕭峰每當出掌之際，都會群龍共舞，多半以「劈空掌」的方式把敵人擊退。多個版本的《射鵰英雄傳》電視劇中，郭靖初學窄練之時，仍是隔空對着松樹發掌。可是，原著小説中，其實郭靖練習「降龍十八掌」的情況並非如此：

「郭靖……當下專心致志的只是練習掌法，起初數十掌，松樹總是搖動，到後來勁力越使越大，樹幹卻越搖越微，自知功夫已有進境，心中甚喜，這時手掌邊緣已紅腫得十分厲害，他卻毫不鬆懈的苦練……」

（《射鵰英雄傳》第十二回）

明顯可見，郭靖連劈數十掌後，練得「掌緣已紅腫得十分厲害」。至少在練習「降龍十八掌」之初，是結結實實的擊向松樹，而不是隔空亂使「劈空掌」。在「金庸武俠世界」裡。「劈空掌」一類的功夫，如要真正的生出大威力，則至少是一流高手或以上方能辦得到。郭靖初練「降龍十八掌」之時，功力有限，又豈能一出掌便「隔空斷樹」？

當然，「降龍十八掌」絕對可以「隔空傷人」。小說中，蕭峰曾以「劈空掌」手段殺人立威；洪七公的掌力可掃至一丈開外。以「降龍十八掌」來「隔空攻敵」的情節來說，寫得最經典的，自然要數《天龍八部》中，蕭峰在少室山上，從丁春秋手中迎救阿紫的一段：

蕭峰心下又是痛惜，又是憤怒，當即大步邁出，左手一劃，右手呼的一掌，便向丁春秋擊去，正是降龍十八掌的一招「亢龍有悔」，他出掌之時，與丁春秋相距尚有十五六丈，但說到便到，力自掌生之際，兩個相距已不過七八丈。

天下武術之中，任你掌力再強，也決無一掌可擊到五丈以外的。丁春秋……見他在十五八丈之外出掌，萬料不到此掌是針對自己而發。殊不料蕭峰一掌既出，身子已搶到離他三四丈外，又是一招「亢龍有悔」，後掌推前掌，雙掌力道並在一起，排山倒海的壓將過來。

（《天龍八部》第四十一回）

蕭峰這「亢龍有悔」，掌力一道疊一道，明顯是「隔空發掌」。而且，他早在十五六丈開外便出掌，搶到三、四丈之際又再補發，氣勢如怒潮狂湧，威力驚人之極。

單以這一招「亢龍有悔」來說，洪七公所追求的是一個「悔」字，打出去的力有「十分」，還要留有「二十分」在手；蕭峰則不同，在十五、六丈開外便發掌，越走越近之時又再「追加補發」，掌力一道疊一道，明顯連體內那「二十分」的掌力也拿出來運用。以洪七公傳授這招「亢龍有悔」的標準來說，蕭峰的掌力見其「亢」而不見其「悔」。或許，這個「悔」字，卻反映在敵人身上。不可一世的丁春秋，亦絕不敢與這「天下剛陽第一」的「降龍十八掌」硬碰，連忙借勢後撤，狼狽非常。

順帶一提，很多年前，曾有人認為，蕭峰的掌力側重「亢」，一掌打在阿朱身上之際，察覺有異仍無法把掌力收回，少了「悔」的味道，似乎能發不能收。那麼，我們又能否斷定，蕭峰的掌法修為不及洪七公呢？當時純以「第二修訂版」的劇情來說，這推論算是合情合理。可是，若說蕭峰掌法修為不及，又是不是金庸的原意呢？這似乎又難說得很了。

且看郭靖歸隱桃花島十餘年後，武功已有大成，卻碰巧遇上了西毒歐陽鋒的情況：

郭靖……左腿微屈，右掌劃了個圓圈，平推出去，正是降龍十八掌中的「亢龍有悔」。這一招他日夕勤練不輟，初學時便已非同小可，加上這十餘年苦功，實已到爐火純青之境，初推出去時看似輕描淡寫，但一遇阻力，能在剎時之間連加一十三道後勁，一道強似一道，重重疊疊，直是無堅不摧、無強不破。這是他從九陰真經中悟出來的妙境，縱是洪七公當年，單以這一招而論，也無如此精奧的造詣。

（《神鵰俠侶》第二回）

郭靖潛心修練，一樣悟出這「勁力一道疊一道」的妙着，書中亦言明，單以這一招來說，洪七公亦無此造詣。由此可見，「留在體在那二十分的勁力」也並非一定不能用。無論如何，洪七公與蕭峰所追求的武學境界並不一樣，亦未必能單憑這一點便可斷定蕭峰較遜。而且，就算洪七公的武學修為更高，亦不代表他可以打敗蕭峰。武學修為和實戰賽果，未必會有絕對的直接關係。

此外，金庸在「最新修訂版」裡，亦已作了不少補筆，加插了玄慈方丈化身為「遲姓老人」，帶同四位師兄弟與蕭峰試招的一段。玄慈以「般若掌」的「一空到底」與蕭峰對掌，掌力變得空空如也，蕭峰一旦發覺，尚能及時收回掌力，呼應了洪七公講解「亢龍有悔」的一段。即按金庸的原意來說，蕭峰的掌法修為總不可能在洪七公之下。曾有朋友認為「金庸評論」中，以「武論」最為無謂。可是，即連查大俠也在修訂版中，為主角的武學修為多加解釋，說得清楚明白，又豈能說「武論」不值一看？

值得注意的是，金庸終於為「劈空掌」的一類武功設了上限。據《天龍八部》的一段引文來說，原來天下武術之中，掌力再強，也無法擊到五丈開外。這「五丈」的範圍，大概就是小說裡對「終極限制」。金庸為「劈空掌」和「隔空取物」等的距離設限，避免了無限的伸延。畢竟，金庸武俠小說的歷史味道較濃，角色的特殊能力，遠不及《蜀山》一類般神怪，縱然是「劈空掌」、「隔空取物」等，也只是極少數的絕頂高手做得到，且有其局限，不能太離譜。

否則，如果「隔空取物」的情節寫得太誇張，二人在十多丈開外的遠距離對戰，又何須學習諸般技擊？乾脆「放飛劍」好了。

到底絕頂高手的力量有多強？

遊走於「金庸武俠世界」裡，總會看到不少神乎奇技，情節違反物理原則的肯定會有，只是金庸寫得細膩，讀者看起來便不會覺得有問題了。其實，金庸小說裡，「劈空掌」或「隔空取物」的情節不算特別多，即使是絕頂高手的對決，亦很少會動輒把「隔空殺人」的情節描寫出來，甚至乎連高手的力量，也設了一個相對嚴謹的限制。

到底，絕頂高手的力量會有多強呢？從《倚天屠龍記》中，或可看到一些端倪。話說在「光明頂」的秘道裡，圓真（成昆）推了兩塊大石下來，擋着張無忌和小昭的出路：

突然之間，驀覺得頭頂一股烈風壓將下來……只聽得呼的一聲巨響，泥沙細石，落得滿頭滿臉……只聽得圓真的聲音隱隱從石後傳來：「賊小子，今日葬了你在這裡，有個女孩兒相伴，算你運氣。賊小子力氣再大，瞧你推得開這大石麼？一塊不夠，再加上一塊。」只聽得鐵器撬石之聲，接著呼的一聲巨響，又有一塊巨石給他撬了下來。壓在第一塊巨石之上……他（張無忌）吸口真氣，雙手挺著巨石一搖，石旁許多泥沙撲面而下，巨石卻是半動不動，看來兩塊數千斤的巨石疊在一起，當真便有九牛二虎之力，只怕也拉曳不開。他雖練成九陽神功，畢竟人力有時而窮，這等小丘般兩塊巨石，如何挪動得它半尺一寸？

（《倚天屠龍記》第二十回）

原來以絕頂高手的內力來說，大概兩塊加起來約數千斤的巨石便推不動了。後來，二人找到了一道石門，肯定比兩塊大石為輕，但卻不知有多重，亦不能完全確定有沒有機關，只知那道石門的厚度比寬度還大，張無忌剛練成一身「九陽神功」，依然無法推得動，要等到練成「乾坤大挪移」之後才行。

其他絕頂高手的負重之力又有多強？《射鵰英雄傳》裡。在明霞島上，歐陽克被萬斤大石所壓，郭靖曾這樣說過：

黃蓉……轉頭問郭靖道：「靖哥哥，你最多舉得起幾斤？」郭靖道：「總是四百斤上下罷。」黃蓉道：「嗯，六百斤的石頭，你準是舉不起的了？」郭靖道：「那一定不成。」

（《射鵰英雄傳》第二十一回）

其時的郭靖已習得「全真教內功」，初練成了「降龍十八掌」和「空明拳」，還草草練過「九陰真經」裡的不少武功，已算是剛踏入一流高手的境界。據郭靖的「自我評價」，大概可舉得起四百斤左右的巨石，六百斤則肯定不行。後來，他功力日深，在找尋一燈大師的路途上，遇到其弟子阻撓，又有一段「舉石」的情節：

這頭牛少說也有三百斤上下，岩石的份量瞧來也不在那牛之下，雖有一半靠著山坡，但那人穩穩托住，也算得是神力驚人。」……郭靖腳下踏穩，運起內勁，雙臂向上奮力挺舉，大石登時高起尺許，那農夫左手也就鬆了。

（《射鵰英雄傳》第二十九回）

岩石與那頭牛的重量差不多，兩者合起來則至少有六百斤左右，雖然有一半靠着山坡，但郭靖此時已可輕鬆的把大石托穩，還是行有餘力，或許可以負重六百斤左右亦未可知。其後郭靖修練「九陰真經」裡「易筋鍛骨章」之內功，並得一燈大師之助，破解了「九陰真經」的總綱，力量肯定會有所提升。

當然，這種負重的細節，未必會很精準，亦有人曾提出，丘處機出場之初，與江南七怪生出誤會，曾只以單手便把盛滿了酒、至少幾百斤重的銅缸輕鬆舉起，似乎不比郭靖遜色。郭靖始練「九陰真經」後的武功，理應比丘處機強得多，但如果說丘處機的武功雖然頗不及郭靖，但負重之力卻可比擬，亦說得過去。無論如何，我們大約可以作出粗略估計，「金庸武俠世界」中，「力量型」一流高手的負重之力，大約是四、五百斤左右，六百斤可能是一個極限。那麼，絕頂高手的負重之力有多強？話說《神鵰俠侶》中，金輪法王練成第十層的「龍象般若功」，號稱有「十龍十象」的巨力；到底他的力量有多強？

法王自練成十層「龍象般若功」後，今日方初逢高手，正好一試……法王一拳擊出，力近千斤，雖不能說真有龍象的大力，卻也決非血肉之軀所能抵擋……

（《神鵰俠侶》第三十八回）

金庸清楚寫道，金輪法王出拳之力是「力近千斤」，並非「力逾千斤」，由此可見，上限可設在「千斤」左右。金輪法王的武功本已極高，把「龍象般若功」練至第十層之後，算是「力量型」的絕頂高手，其拳勁就有「近千斤」之力。當然，出拳始終與負重不同，但武俠小說畢竟是藝術成份較重，不用動輒以「科普」作分析。正如歷史上，亦多以某某人能挽弓幾百斤來表現其力大無窮、武功高強等等。例如，有傳說指岳飛在少年時，已能挽弓三百斤。雖然挽弓的拉扯力，與負重及出拳力都不一樣，但其實在文學世界裡，亦可泛指「攻擊力」。

粗略來說，如果少年時代的岳飛能使出三百斤力，算是「力大無窮」，則尋常的一流高手，精通上乘內功，使出四、五百斤力也不為過。至於絕頂高手，則始終要有其局限。既然練成「九陽神功」的張無忌也無法撼動數千斤重的兩塊大石，法王的一拳則是「力近千斤」。那麼，絕頂高手的力量上限，就應該是設定在一千斤左右。

武術高手可「阻人跳樓」？

「金庸武俠世界」裡，所謂「人力有時而窮」，縱然是絕頂高手，亦只能發出近千斤之力，但武術運用之妙，卻仍是匪夷所思。《天龍八部》裡有「北喬峰、南慕容」並稱一說。慕容家中的公子爺慕容復比蕭峰少了幾歲，功力有所不及，但仍算是數一數二的高手。話說虛竹及童姥被李秋水那「曲直如意」的「白虹掌力」推進山谷，直墮下崖，剛巧卻遇到慕容復：

慕容復見二人從山峰上墮下，一時看不清是誰，便使出「斗轉星移」家傳絕技，將他二人下墮之力轉直為橫，將二人移得橫飛出去。他這門「斗轉星移」功夫全然不使自力，但虛竹與童姥從高空下墮的力道實在太大，慕容復只覺霎時之間頭暈眼花，幾欲坐倒。

（《天龍八部》第三十六回）

虛竹及童姥墮崖，與現代人「跳樓」的情況近似。他們從高處墮下，二人的重量，再加上下墮之力，勢道兇猛之極，又豈只有千斤之力？此外，自由下墮，其勢亦急，慕容復居然可以看準時機的「轉直為橫」，把下跌之力借勢打偏，實在十分神奇。或許絕頂高手也不能「力逾千斤」，但卻能卸去上相同份量之力，實有點「四兩撥千斤」之意味。

金庸描寫這高手「阻人跳樓」的橋段，也有一定的鋪排，教人覺得合理。慕容復的家傳武學

「斗轉星移」，擅於把敵方的攻勢盡數「反彈」，讓對方死在自身的絕技之下，有「以彼此道，還施彼身」一說。這「斗轉星移」本是用來把敵方勁力盡數反擊，此刻只是「化直為橫」，還不算是直接反彈回去，明顯容易得多。這下墮之勢雖然太猛，但慕容復所使的，畢竟還是「四兩撥千斤」的手段，也較人容易接受。

此外，慕容復這一次出手太神奇，現實生活中絕無可能，因此他出招化勁後，也不得不「只覺霎時之間頭暈眼花、幾欲坐倒」，代表這已是他這「斗轉星移」的極限了。後來，精通「逍遙派」諸般神通的童姥，亦對這手「斗轉星移」十分佩服，甚至可能有點自愧不如，可見這種「阻人跳樓」的功夫，亦只有慕容博、慕容復兩父子懂得。後世可能尚有《倚天屠龍記》中的張無忌可以一試。張教主的「乾坤大挪移」比慕容家的「斗轉星移」到底誰強誰弱？那就不得而知了。

絕頂高手也不能飛

金庸武俠小說對武功的描寫，與某些「科幻小說」、「神魔玄幻小說」和「修真小說」等等，還有什麼明顯的大分別？就是「金庸武俠世界」裡的人物，肯定不懂得飛。

《射鵰英雄傳》中的郭靖，曾跟馬鈺習過全真教的輕功「金雁功」。兩年間，每晚都攀爬着一個蒙古的懸崖。這「金雁功」與「全真教內功」兩者一起練，或許有練氣之效亦未可知。據書中描述，這一門「金雁功」是一門極高明的輕身功夫，練習的方法更與後世的「攀石」近似。當然，郭靖練成「金雁功」後，不用「安全繩」，又不見用上專門攀爬的工具，只一會兒就爬了上去，自然比現實世界裡的「攀石專家」厲害得多。話說大約二十年之後，郭靖的武功已有大成，還曾在兩軍對壘時使出一門輕功：

郭靖……危急之中不及細想，左足在城牆上一點，身子陡然拔高丈餘，右足跟著在城牆上一點，再升高了丈餘。這路「上天梯」的高深武功當世會者極少，即令有人練就，每一步也只上升得二三尺而已，他這般在光溜溜的城牆上踏步而上，一步便躍上丈許，武功之高，的是驚世駭俗。霎時之間，城上城下寂靜無聲，數萬道目光盡皆注視在他身上。

（《神鵰俠侶》第二十一回）

《神鵰俠侶》中，郭靖的武功境界已臻絕頂之境，使出「金雁功」一類的「上天梯」輕功，居然可在光溜溜的城牆踏步而上，一躍便是丈許，書中稱之為「驚世駭俗」。城牆面明顯無處借力，如無攀爬工具，怎能踏步而上？恐怕連「攀石高手」也無法做到。

這種「異能」並不常見，筆者聯想起的是美國超級英雄電影《蜘蛛俠》的情節。「蜘蛛俠」除了被拍成電影之外，尚推出了不少電腦遊戲，角色除了能「吐絲」之外，還可以在高樓大廈的外牆之上急速踏步或爬行，情況與「上天梯」近似。

無論如何，就算郭靖這「上天梯」的功夫如何神妙，亦始終不懂得飛。而且，這輕功也有限制。原來當晚楊過「搞鬼」，「行刺」郭靖失敗後，順勢裝着「走火入魔」，使郭靖為了救他而大耗真氣，使這「上天梯」功夫時便大打折扣，加上金輪法王知道這功夫只能用上「一口氣」，不能中斷，便發箭騷擾，使郭靖無法繼續踏上去。

《倚天屠龍記》中，輕功最高的自然要數韋一笑。張無忌則因內力深厚，輕功也十分高明。此外，武當派尚有一門「梯雲縱」輕功，尚有不少高手。縱然一眾輕功高手在對戰時翻騰縱躍，亦始終無法真正飛起來。

「射鵰三部曲」中，沒有人能飛得起。那麼，更為誇張荒誕的《天龍八部》呢？話說虛竹吸收了無崖子那七十餘年的「北冥真氣」之後，童姥和李秋水的一身功力，也一起逼進他體內。他身具「逍遙派」三大高手的功力，內力之深厚可謂「曠古爍今」；小說中，就似乎只有段譽可比。虛竹體內真氣充盈，又能否懂得飛呢？

虛竹抓住鐵鏈，將刀還了石嫂，提氣一躍，便向對岸縱了過去。群女齊聲驚呼。余婆婆、石嫂、符敏儀等都叫：「主人，不可冒險！」一片呼叫聲中，虛竹已身凌峽谷，他體內真氣滾轉，輕飄飄的向前飛行，突然間真氣一濁，身子下跌，當即揮出鐵鏈，捲住了對岸垂下的斷鏈。便這麼一借力，身子沉而復起，落到了對岸。他轉過身來，說道：「大家且歇一歇，我去探探。」

（《天龍八部》第三十八回）

由此可見，虛竹雖然內力深厚，但依然無法飛行，「體內真氣滾轉」，只能教他躍得比人遠得多，但時候一久，依然無法敵得過「地心吸力」，只一會兒便感到「真氣一濁」，然後「身子下跌」，只得非常精準的「揮出鐵鏈」，捲着對岸的一段斷鏈，才能借力再上。

及後，他在靈鷲宮的密室之石壁上，看到有不少「逍遙派」的武學秘要，以三大高手的內力依法運功，仍然無法飛得起：

石壁上天山六陽掌之後的武功招數，虛竹就沒學過。他按著圖中所示，運起真氣，只學得數招，身子便輕飄飄地凌虛欲起，只是似乎還在什麼地方差了一點，以致無法離地。

（《天龍八部》第三十九回）

原理上，「逍遙派」三大高手的內力非同小可，每人也有大約七、八十年的功力，虛竹集三大高手的內力，學得幾招，最多也只是感到「輕飄飄地凌虛欲起」，但依然「無法離地」。以此觀之，理應沒有人可以真正的飛得起。當然，虛竹和段譽的內力，是否真的「空前絕後」？既然有武功秘要留下，「逍遙派」的前代高手之中，又是否有人真的懂得飛呢？如果有人可以用北冥神功「採補」，把一、二十位如「無崖子」等同級數的高手之內力逐一吸入體內，又能否做到真正的「離地」呢？這就不得而知了。

讀者自然會記得，《天龍八部》中，還有一名「神級高手」：

……那老僧在二人掌風推送之下，便如紙鳶般向前飄出數丈，雙手仍抓著兩具屍身，三個身子輕飄飄地，渾不似血肉之軀。

蕭峰縱身急躍，追出窗外，只見那老僧手提二屍，直向山下走去……不料那老僧輕功之奇，實是生平從所未見，宛似身有邪術一般。蕭峰奮力急奔，只覺山風刮臉如刀，自知奔行奇速，但離那老僧背後始終有兩三丈遠近，邊邊發掌，總是打了個空。

（《天龍八部》第四十三回）

「掃地僧」活像是「菩薩化身」，輕功更似是「邪術」一樣，借掌力推送，可以「飄出數丈」。無論蕭峰如何追趕，也始終有兩三丈之遙。金庸描寫「掃地僧」的輕功，亦始終是用上一個「飄」字，且在蕭峰等絕頂高手眼裡，「掃地僧」使的仍是輕功，還不算是飛。

值得留意的是，在《天龍八部》裡，「掃地僧」是一個近乎「神」的人物，不僅妙悟佛法，武功也是最出神入化。「金庸武俠世界」裡，亦只有「掃地僧」有一道「無形氣牆」包圍着，不僅可把絕頂高手鳩摩智的偷襲化解於無形，還可以「氣牆」把人抬起，武功之高，實已類近「玄幻神魔小說」級別。這個「神級高手」仍然不懂得飛。可見，「飛行」在「金庸武俠世界」裡，已被列為「禁術」；連唯一一個「神級高手」也不見得能飛。

此外，這個「神級高手」也非無所不能。他要出手時，還是會被蕭峰的「降龍十八掌」打中，還斷了幾根肋骨，「無形氣牆」顯然無法用得上，只是受傷吐血後行若無事，這又是一奇了。

「無形有質」還是「無形無質」？

如前文所述，金庸武俠小說的諸法神通，皆因內力而起。那麼，內力的特性是什麼呢？儘管金庸描寫得條理分明，但若窮其枝葉，亦不難發現當中的些許矛盾。筆者所講的前後不一，並非指那些與現實不符的情節，而是十四部書中，在細節上，無法「自圓其說」的部份。筆者認為，唯一值得討論的，就只有以下的幾段，都是關於內力特性的描寫：

令狐沖……說道：「我和小師妹正在鑽研一套劍法，籍著瀑布水力的激盪，施展劍招……咱們和人動手，對方倘若內功深厚，兵刃和拳掌中往往附有厲害的內力，無形有質，能將我們的長劍蕩了開去……」

（《笑傲江湖》第五回）

本因道：「六脈神劍，並非真劍，乃是以一陽指的指力化作劍氣，有質無形，可稱無形氣劍……

（《天龍八部》第五回）

蕭峰……這一掌實是他生平功力所聚，這細細一的一枚鋼針在尺許之內急射過來，要以無形無質的掌風將之震開，所使的掌力自是大得驚人。

（《天龍八部》第二十五回）

由於諸般奇技，皆由「內功」而起，所以「內功」的特性便值得一提。金庸對內功的描寫，縱使是十分細膩，亦難免會有前後不一的情況。特別是關乎「劈空掌」或「凌空用勁」之時，有至少兩次說明，內力是「無形有質」的，但亦有另外，蕭峰出掌的一次，說成是「無形無質」。

若蕭峰的掌風是「無形有質」的話，就未必要發出這麼驚人的掌力了。到底「內力」是「無質」，還是「有質」呢？這就留待讀者去想像了。

總結

金庸武俠小說對內功的描寫雖然神妙，但諸法神通，亦始終有其局限，不會與現實世界相差太遠。絕頂高手的武技極巧，當可真正的「四兩撥千斤」，但自身亦最多只能發出近千斤之力；凌空傷敵，也不可能超過五丈。此外，一眾高手的輕功就算如何了得，亦不可能懂得飛。

這種「有局限」，總比「無往而不利」有趣。

正如美國超級英雄電影裡，二零零二年版的《蜘蛛俠》，主角雖有異能，但始終有其限制，其體力及負重之力大約是人類的十倍左右，反應及身手有如蜘蛛般快，遠勝凡人。可是，蜘蛛俠依然無法抵擋槍炮，只能趨避，中槍後也會受傷，甚至乎有性命之虞。這主角的實力設定較弱，但電影情節卻十分緊湊，可算是經典之一。

反之，另一邊廂翻拍的《超人》，實力太強，一身如鋼如鐵，上天下地，作戰方式更不似人類，縱然有實力相近的敵人，電影亦不甚吸引，只是賣弄電腦特效之作。主角「實力太強」，反而成為電影的一個負擔。此外，縱然是「超人」，最終亦要有其弱點和破綻。否則，還有什麼戲好做呢？

總的來說，但凡同類型的故事，能力之設定，始終是以「有局限」比「全能無敵」優勝。成書幾十年的金庸武俠小說，明顯早已掌握了這個重要道理，所以才教人百看不厭。

四、淺論郭靖的武學天份

金庸名著《射鵰英雄傳》中的郭靖，經常被人稱為傻小子，但倒底郭靖傻不傻？郭靖的練武進境常為人所笑，但到底他是否練武之才？金庸的原意，應該是藉「傻郭靖」一角，強調他的毅力和恆心，突顯出「要知天道酬勤」的道理，還體現了郭靖的「大智若愚」。儘管如此，但在小說情節裡，我們不難發現郭靖那獨特的武學天賦，非比尋常。本文是主要討論及研究「傻郭靖」的練武天份及受人所誤會的種種原因。

話說郭靖資質魯鈍，是少有的蠢才：

「江南七怪……一旦尋到了郭靖，本是喜從天降，不料只歡喜得片刻，便見郭靖資質顯然十分魯鈍，決難學會上乘武功，不由得心灰意懶。」

（《射鵰英雄傳》第四回）

據江南七怪所見所覺，認為郭靖實是蠢得很，更是「決難學會上乘武功」的蠢才。但想深一層，這不過是江南七怪的一面之詞，這話作得準嗎？所謂「觀其人，先觀其友」，如果看徒弟行不行，也不妨先觀察一下師父的水平：

「南希仁微微一笑，道：『我小時候也很笨。』他向來沉默寡言，每一句話都是思慮周詳之後再說出口來，是以不言則已，言必有中。六怪向來極尊重他的意見，聽他這麼說，登時猶如見到一線光明，已不如先時那麼垂頭喪氣。張阿生道：『對，對！我幾時又聰明過了？』說著轉頭向韓小瑩瞧去。」

（《射鵰英雄傳》第四回）

大家也知道，在《射鵰英雄傳》的武林裡，江南七怪只屬二、三流角色，本身也不會上乘武功。按上述引文，他們亦不見得是才智之士，至少南希仁和張阿生還直接承認自己也是蠢材。此外，南希仁這一句「我小時候也很笨」更是值得留意。小時候蠢的，也不見得長大後不會聰明起來。南希仁和張阿生都自認很笨，但至少以他們的角度來看，二人還不是能學有所成？由此可見，江南七怪所講的蠢，未必與習武有非常直接的關係。無論如何，到底是做徒兒的蠢，還是師

父不行呢?原來:

「郭靖道:『那是因為弟子太笨,師父們再用心教也教不會。』那(馬鈺)道人笑道:『那也未必盡然,這是教而不明其法,學而不得其道。』」

(《射鵰英雄傳》第五回)

據全真教掌教馬鈺的觀察所得,原來因為江南七怪「教而不明其法」,郭靖才會「學而不得其道」。嚴格來說,江南七怪雖對郭靖恩深義重,但也不得不說清楚,其實他們才是蠢才。就如一位天份極佳的國畫學生,給一個老師罵他天份差,而這個老師的的字畫都寫得像「三歲小孩一般」(任我行語)的話,這位老師的評語,還能作得準嗎?

說穿了,不過是劇情需要,金庸不得不把郭靖形容為蠢人。一個有大智慧的人,一定會為人所誤會,所謂大智若愚,這不是一般人所能理解的。後來只有秀外慧中的黃蓉,才看得出郭靖這份大成若缺,大盈若沖的氣質。那麼,其他人為何會認為郭靖是蠢才呢?我們且先看看,為何郭靖會是眾人眼中的傻小子:

「忽忽數年，孩子已經六歲了。李萍依著丈夫的遺言，替他取名為郭靖。這孩子學話甚慢，有點兒呆頭呆腦，直到四歲時才會說話，好在筋骨強壯，已能在草原上放牧牛羊。」

（《射鵰英雄傳》第三回）

原來郭靖是有「語言障礙」，四歲時才開始說話，到了六歲仍不能靈活的講話，嚴格來說，郭靖童年可能是有點輕度自閉的。

據心理學家分析，小童在五歲後仍不能說話，很大機會是得了自閉症。郭靖四歲才會說話，到了六歲仍是呆頭呆腦，可見語言及表達能力不強，甚至是在「自閉邊緣」，不大懂得和人溝通。

我們難以估計自閉的人之智商，心理學家也反對家長要自閉兒童做智商指數測試（IQ Test）。原因是自閉之人不能表達自己，所以外人也很難估計他們的智商。而且很多時候，外人也會低估了自閉兒童的智商。就如一個不善表達之人，如不能有條理的表達自己的想法及思路的話，外人是不可能知道那人之想法的。亦有研究指出，有自閉傾向的兒童，或會對某些事情有獨特的天份。郭靖很有可能是屬於這一類型的天才，我們絕不能簡單的排除這個可能性。

古人認為聰明的定義為才思敏捷。可是郭靖卻和人溝通上有問題，小時候可能略有輕度自閉，古人不知此病之來源及特點，蓋不知「智力及才華」和「表達能力」很多時候是沒有必然關係的，但覺郭靖說話不多，語言理解力平平而影響學習進度，記心又是一般，才會被眾人認為郭靖極蠢，更進而誤會他是練武的蠢才。

其實郭靖就如蕭峰一樣，其他的天份一向是平平的，但練武及統率戰陣，卻有「神授天技」，不是單靠苦學苦練可以得來的。

首先，郭靖是練內功的奇才，進而也是練武的好材料。且看看郭靖僅以兩年的時光，修練全真教的內功，起初功力仍不顯露，非同小可的功力也不為人知，但已有一點端兒。

「王處一腳步好快，不多時便已到了城外，再行數里，到了一個山峰背後。他不住加快腳步，有心試探郭靖武功，到後來越奔越快。郭靖當日跟丹陽子馬鈺學吐納功夫，兩年中每晚上落懸岩，這時一陣急奔，雖在劇鬥之後，倒也還支持得住。疾風夾著雪片迎面撲來，王處一向著一座小山奔去，坡上都是積雪，著足滑溜，到後來更忽上陡坡，但郭靖習練有素，竟然面不加紅，心不增跳，隨著王處一奔上山坡，如履平地。王處一放手鬆開了他手臂，微感詫異，道：『你的根基扎得不壞啊，怎麼打不過他？』郭靖不知如何回答，只是楞楞的一笑。」

（《射鵰英雄傳》第八回）

以比腳力來直接「測試」內功的情況卻有點和《天龍八部》中的一個情節相近：

「那（喬峰）大漢邁開大步，越走越快，頃刻間便遠遠趕在段譽之前，但只要稍緩得幾口氣，段譽便即追了上來。那大漢斜眼相睨，見段譽身形瀟灑，猶如庭除閑步一般，步伐中渾沒半分霸氣，心下暗暗佩服，加快幾步，又將他拋在後面，但段譽不久又即追上。這麼試了幾次，那大漢已知段譽內力之強，猶勝於己，要在十數里內勝過他並不為難，一比到三四十里，勝敗之數就難說得很了，比到六十里則非輸不可。」

（《天龍八部》第十四回）

王處一發覺郭靖的內力根基極穩，即使曾與楊康大打一場後，其輕功也沒有大打折扣的情況。王處一幾次加速，郭靖也能行有餘力、如影隨形的追來，情況就如喬峰試段譽內力一樣。當然，王處一突然停步的原因也不見得是因為自知不敵，與喬峰停下來並不相同，但亦可以肯定王處一本人似乎對郭靖的內力大為驚訝。只是金庸著筆極淡，讀者不易發覺罷了。王處一看見郭靖在比武後再比腳力，高低起伏的跑來，仍是面不紅、氣不喘，更奇怪為何郭靖打不過楊康。

其時楊康是全真教三代弟子，丘處機更花了十多年心血在他身上；他可算是三代弟子之首，實力和丐幫八袋弟子相近。另一方面，王處一發覺郭靖的內力修為極佳，理應勝過楊康，可見只練了內功兩年的郭靖，已遠勝丐幫八袋弟子及全真教的後輩。實力還可能直追全真七子及九袋長老。

原來郭靖其時只練過「教而不懂其法」（馬鈺語）的江南七怪之二三流外功，算是空有一身內力，但外招太差而發揮不出威力，實力仍不彰顯，但到了學習「降龍十八掌」時，就完全無法取巧，郭靖的內力修為，才真正的顯露出來。

話說「降龍十八掌」分兩段教完，原因不是郭靖學不來，而是洪七公覺得郭靖笨頭笨腦，不想這個傻小子做入室弟子。但很有可能，洪七公的心態，是和《天龍八部》中的岳老三相近：

「他（南海鱷神）大吼一聲，怒道：『我是老二，不是老三。你快跪在地下，苦苦求我收你為徒，我假裝不肯，你便求之再三，大磕其頭，我才假裝勉強答允，其實心中卻十分歡喜。這是我南海派的規矩，以後你收徒兒，也該這樣，不可忘了。』」

（《天龍八部》第四回）

「降龍十八掌」是洪七公的看家本領，又是武林絕學、丐幫的兩大神功之一，一向懶傳功夫的洪七公，又怎會輕輕易易的指定郭靖為傳人呢？我們再看看洪七公對郭靖習練「降龍十八掌」的評價：

「（洪七公）向郭靖道：『你學過全真派的內功，是不是？』郭靖道：『馬鈺馬道長傳過弟子兩年。』洪七公道：『這就是了，否則你短短一個多月，怎能把我的降龍十八掌練到這樣的功力。』」

（《射鵰英雄傳》第十二回）

郭靖剛練成「降龍十八掌」不久，已能和江湖上一流好手梅超風和歐陽克打得難紛難解，洪七公心中也自覺郭靖的『降龍十八掌』練得不錯。可是一來宗師級人馬絕不輕易許人，二來洪七公開頭又略略走漏了眼，曾罵他是蠢才，三來金庸也得強調郭靖是一般人眼中的傻小子，洪七公才會這樣間接的把實情說出。簡單來說，洪七公其實是在暗讚郭靖能把「降龍十八掌』的威力發揮出來呢！值得一提的是，以「第二修訂版」來說，同是練了全真教內功近三十年（六歲習武至二十多歲，又再加又來的十六年）的耶律齊，居然學不全「降龍十八掌」：

上代丐幫幫所傳的那降龍十八掌，在耶律齊手中便已沒能學全，此後丐幫歷任幫主，最多也只學到十四掌為止。史火龍所學到的共有十二掌，他在二十餘年之前，因苦練這門掌法時內力不濟，得了上半身癱瘓之症，雙臂不能轉，自此攜同妻子，到各處深山尋覓靈藥治病，將丐幫幫務交與傳功、執法二長老，掌棒、掌缽二龍頭共同處理。

（《倚天屠龍記》第三十三回）

耶律齊的掌法是「已沒能學全」，是不能也，非不為也。金庸在「最新修訂版」中，才讓耶律齊把「降龍十八掌」學全。由此可見，「降龍十八掌」乃「武林絕學」，並非可以這般容易便學得完的。郭靖行有餘力的學全「降龍十八掌」，練了這至剛的掌法後，還能學習至柔的「空明拳」。當中可見並非全真教內功極強，而是郭靖習武天份極佳，內功底子紮得堅厚穩實所致。

此外，我們再看看《倚天屠龍記》的一流高手之水平來作一個對比。

「黃衫女子道：『史夫人言道：史幫主和一名老者連對一十二掌，那老者嘔血而走。史幫主也為那老者掌力所傷。史幫主自知傷重不治，料想那老者三日之後，必定元氣恢復，重來尋釁，當即向夫人囑咐後事，說出仇人姓名，乃是混元霹靂手成昆。史幫主雙臂癱瘓之症，其時已愈了九成，他曾得降龍十八掌中的十二掌真傳，武功已是江湖上一流高手，但竭盡全力，十二掌使完，仍是難逃敵人毒手。』女童史紅石聽到這裡，放聲大哭起來。」

（《倚天屠龍記》第三十三回）

原來「降龍十八掌」和「乾坤大挪移」相近，沒有高深的內功是練不來的。而且把這「天下剛陽第一」的掌法勉強練下去，還會走火入魔！所以，可以更進一步證明，郭靖可在短短個多月之內，把「降龍十八掌」學全，還能發揮到一定之水平，難怪洪七公佩服郭靖之內功根基了。除了郭靖的人品甚好之外，他的武學根基極佳，可把掌法的威力發揮出來，亦是洪七公收他為入室弟子的主因之一。

另外，在《倚天屠龍記》中，據黃衫女子所言，「練壞了」的「降龍十二掌」，已算是江湖上的一流好手，更能打得實力直追渡字輩神僧的成昆落荒而逃。可見，相比《射鵰英雄傳》和《神鵰俠侶》的絕頂高手，《倚天屠龍記》的一流高手之實力亦不過爾爾。如果郭靖在《倚天屠龍記》的世界裡，或可能與張無忌的遭遇無異，大家都會對郭靖的內力大為驚佩。只是郭靖有點「生不逢時」，常常周旋在「四大絕頂高手」之中，讀者才會認為他的學武進境緩慢罷了。

除此之外，郭靖在學武的過程當中，不僅勤力，而且好思考，不是一味的死練，學武悟道，都是主動而努力的。書中不難發現郭靖的悟心，而且很多時，是一看即會，一會即通，一上手就能發揮出變化：

書生堪堪刺到第三十六劍，郭靖右手中指曲起，扣在拇指之下，看準劍刺勢，猛往劍身上彈去。這彈指神通的功夫，黃藥師原可算得並世無雙，當日他與周伯通比玩石彈、在歸雲莊彈石指點梅超風，都是使的這門功夫。郭靖在臨安牛家村見了他與全真七子一戰，學到了其中若干訣竅，彈指的手法雖遠不及黃藥師奧妙，但力大勁厲，只聽得錚的一聲，劍身抖動，那書生手臂酸麻，長劍險些脫手，心中一驚……

（《射鵰英雄傳》第三十回）

黃藥師的武功眾多，但大部份都是走「五虛一實」或「七虛一實」的路線，就只有「彈指神通」功夫的路子與郭靖相合。讓人感到驚訝的是，郭靖只看了一次，便能明白「彈指神通」的若干訣竅，並「即炒即賣」的化為己用，而且似模似樣。其實，書中可以證明郭靖武學天份極高的例子多如牛毛，又如：

「我瞧他（一燈）的反手點穴法似乎正是蛤蟆功的剋星。」黃蓉道：「那麼袞千仞呢？漁、樵、耕、讀四人可不是他對手。」郭靖道：「不錯，在洞庭君山和鐵掌峰上，我都曾和他對過一掌，若是打下去，五十招之內，或許能和他拚成平手，但一百招之後，多半便擋不住了。今日我見了一燈大師替你治傷的點穴手法……」黃蓉大喜，搶著說道：「你就學會了？你能勝過那該死的裘鐵掌？」

（《射鵰英雄傳》第三十回）

郭靖當然不能只看一次，就學會精深奧妙的「一陽指」，但一來，他只看一眼，就知道「一陽指」是西毒「蛤蟆功」之剋星；二來，所謂「他山之石，可以攻玉」，郭靖以「一陽指」的武學原理和「九陰真經」相互印證，從而得到了武技上的提昇，從中可見郭靖的武學悟心，其實一點也不差。

我們又可以再看看，郭靖努力不懈，而又一點即通的例子：

郭靖抬頭看天，想起了遠在大漠的母親，凝目北望，但見北斗七星煜煜生光，猛地心念一動，想起了全真七子與梅超風、黃藥師劇鬥時的陣勢，人到臨死，心思特別敏銳，那天罡北斗陣法的攻守趨退，吞吐開闔，竟是清清楚楚的宛在目前。

（《射鵰英雄傳》第二十七回）

郭靖觀星後，再想起全真教的「天罡北斗陣」，便即有所領悟，然後以「收筋法」解縛，再以新學乍練的「九陰真經」來大戰多位丐幫八袋弟子，結果大獲全勝。他更以隔空傳勁及北斗步法來力敵裘千仞，施展的所有手段，都是即炒即賣，以不足勝有餘，深得道家武學的要理，還與裘千仞鬥了一個不勝不敗的局面。

可能，郭靖突然「聰明起來」的說服力太也不足，而且，「傻郭靖」的形象始終要強調一下，所以金庸又補充：

郭靖本來手足被鋼絲和牛皮條紋成的繩索牢牢縛住，絲毫動彈不得，一直在仰觀北斗，潛思全真七子當日在牛家村所使的陣法，再和記得滾瓜爛熟的《九陰真經》經文反復參照，許多疑難不明之處，一步步的在心中出現了解答。《九陰真經》為前輩高人自道藏中所悟，與馬鈺所傳的全真派道家內功、全真七子的天罡北斗陣皆是一脈相通，只不過更為高深奧妙而已，只是郭靖悟心實在太差，事隔多月，始終領會不到其間的關連之處，此時見到天上北斗，這才隱隱約約的想到了。

（《射鵰英雄傳》第二十七回）

想深一層，郭靖只用了兩月多，再夜觀星象，最終便明白「九陰真經」的精義，然後就立刻可以把這奇功施展出來，還力戰裘千仞這種一等一的高手。這到底是不是「悟心實在太差」呢？我們且看看聰明機智不下黃蓉的楊過，領悟「九陰真經」之情況：

楊過在旁觀鬥，驚佩無已，他也曾在古墓中練過「九陰真經」，只是乏人指點，不知真經的神奇竟至於斯。他以真經功訣印證郭靖掌法，登時悟到了不少極深奧的拳理，心中默默記習，一時忘了身上負著血海深仇，立意要將郭靖置於死地。

（《神鵰俠侶》第二十一回）

聰明機智的楊過，也從郭靖身上悟到不少拳理，但及後卻未見他可立刻即炒即賣的妙用真經；逃難時不但不能以此巧鬥法王，而且更是狼狽萬分。其時楊過所學的上乘武學很多，內力修為已至黃藥師三十歲時之境，但仍不能和郭靖一樣的活用「九陰真經」。始終，單以道家武學來說，楊過算是「乏人指點」，但郭靖曾得馬鈺口耳相傳的教授道家內功；二人之情況，不能一概而論。雖然不能斷言楊過的武學悟心不及郭靖，但我們可見，能明瞭「九陰真經」大非易事，

「九陰真經」只分上下兩冊，卻包含了天下武學的至理、內功及外招，當然是字字珠璣。郭靖能以其道家內功根基而做到「自觀自學」，他的武學修為和領悟力都是上佳，絕不能算是「悟心實在太差」。

郭靖修習「九陰真經」一年多後，已練成「易筋鍛骨章」，掌力內勁直追西毒。西毒略為大意分神，竟差點兒敗在郭靖手上：

……郭靖……身子略側，避開掌勢，回了一招「見龍在田」。歐陽鋒……不料這下硬接硬架，身子竟然微微幌動。高手對掌，只畏真氣稍逆，立時會受重傷，他略有大意，險些輸在郭靖手，不由得吃了一驚：「只怕不等我年老力衰，這小子就要趕上我了。」當即左掌拍出。

（《射鵰英雄傳》第三十七回）

只一年多的時間，郭靖掌力和內功已可和絕頂高手相比，只是臨敵經驗、應變、巧勁和招數之妙用，仍頗有不及。及後，他再受了西毒個多月不停的「打鬥訓練」，其實力駸駸然已能和四大絕頂高手並駕齊驅。相反，一同開始練習「易筋鍛骨章」的黃蓉，雖然是舉一反三，聰明機變，恐怕到了《射鵰英雄傳》完結前，仍沒有練成「九陰真經」中的多少武功。到了《神鵰俠侶》的時候，黃蓉的實力也不過是達一流高手之境，不及四位絕頂好手，亦似乎頗不如同是女流的林朝英。

在《射鵰英雄傳》完結前，郭靖的武功已至一個新境界，其武學悟心及修為，都是到了神而明之的地步：

> 只見亭旁生著十二株大龍籐，夭矯多節，枝幹中空，就如飛龍相似。郭靖見了這古籐枝幹騰空之勢，猛然想起了飛龍在天那一招來，只覺依據九陰真經的總綱，大可從這十二株大龍籐的姿態之中，創出十二路古拙雄偉的拳招出來。正自出神，忽然驚覺：「我只盼忘去已學的武功，如何又去另想新招、鑽研傷人殺人之法？我陷溺如此之深，實是不可救藥。」
>
> （《射鵰英雄傳》第三十九回）

郭靖當然是「不可救藥」，因為「武功上了身」，就是想逃也逃不了。其時，只望了大龍籐之形態來，就會聯想起「九陰真經」的總綱，甚至乎可能創出新一路的拳法；其武學修為，已開始踏入「宗師級」的境界。

須知在「金庸武俠世界」裡，自創武學，可不是鬧著玩的，沒有足夠的武學修為、悟心及創見，是不可能成事的，且看看《笑傲江湖》中的一段：

眾人均知田伯光何以動容。武學之中，要新創一路拳法劍法，當真談何容易，若非武功既高，又有過人的才智學識，決難別開蹊徑，另創新招。像華山派這等開山立派數百年的名門大派，武功的一招一式無不經過千錘百煉，要將其中一招稍加變易，也已極難，何況另創一路劍法？」

（《笑傲江湖》第四回）

原文中指，令狐沖信口胡謅，自言自創武功，其實不過是鬥智鬥力的捉心理罷了。當中可見，以武林人士之專業意見，自創武學，或領悟武學新境界，絕非易事。郭靖只看到十二株大龍籐，便聯想起十二路古拙雄偉的拳招，絕對會讓一眾江湖武人動容！

等到《射鵰英雄傳》結尾之時，郭靖練了上乘武學不過是兩年時光左右，實力仍不及四絕，但武學境界，或許已在四絕之上，所以才能以不足力敵有餘，與洪七公和黃藥師鬥了一個不敗的局面：

但郭靖習了那左右互搏的法子，右手出的空明拳，左手出的卻是降龍掌，剛柔相濟，陰陽為輔，洪七公的拳招雖然剛猛莫京，竟也奈何他不得。

（《射鵰英雄傳》第四十回）

此時郭靖的拳招掌法，有剛有柔，武學境界已不會在洪七公之下。可是，郭靖雖然是剛柔並濟，但仍是一掌剛、一拳柔，還未能剛柔合一，他不竟修為日子太短，仍只能和洪七公鬥過平手。凡是絕造之境，都是得來不易。要真真正正的做到「剛柔合一」，則要等到二十年之後：

郭靖此時所施展的正是武林絕學「降龍十八掌」。法王等三人緊緊圍住，心想他內力便再深厚，掌力如此凌厲，必難持久。豈知郭靖近二十年來勤練「九陰真經」，初時真力還不顯露，數十招後，降龍十八掌的勁力忽強忽弱，忽吞忽吐，從至剛之中竟生出至柔的妙用，那已是洪七公當年所領悟不到的神功，以此抵擋三大高手的兵刃，非但絲毫不落下風，而且乘隙反撲，越鬥越是揮洒自如。

（《神鵰俠侶》第二十二回）

此時，郭靖單以一套掌法，便包含了整部「九陰真經」的道家功夫之精義，還做到剛柔合一，奇正相輔，武功終得大成。郭靖的武學境界及功力，更被視為「震爍古今」：

張無忌道：「我太師父言道，武學鑽研到後來，成就大小往往和各人資質有關，而且未必聰明穎悟的便一定能學到最高境界。據說貴派創派祖師郭女俠的父親郭靖大俠，資質便十分魯鈍，可是他武功修為震爍古今，太師父說，他自己或者尚未能達到郭大俠當年的功力。」

（《倚天屠龍記》第三十一回）

或許，「未必聰明穎悟的便一定能學到最高境界」是因為世俗批判聰明或蠢鈍的標準不能斷定學習和領悟「最高武學境界」之能力。就如傻小子郭靖，其實是石中隱玉，大智若愚。只是俗人以一般眼光及價值觀去批判，自作聰明，走漏了眼。正如古人買櫝還珠，貽笑千載，我們壓根兒分不出誰才是真正的聰明人罷了。

五、左冷禪統一五嶽有錯嗎？

《笑傲江湖》是查良鏞先生眾多武俠小說之中，政治味道最重的一部。在初次連載，各地讀者看著大呼過癮。然而，就好似佐治．奧維爾的《動物農莊》一樣，或許在當時當刻諷刺的是某一政權，但脫胎出來的核心思想，卻是永恆不變，不會受到時代變迭、政權起落所影響。

最明顯的，是金庸歌頌和讚美精神自由的高尚和寶貴，透過主角令狐沖的眼角表達出來；未了還怕讀者領略不了，刻意在「後記」提到山林隱逸的諸般典故。

當然，所謂有陰必有陽；有正面的褒揚，自然就有負面的詰責。《笑傲江湖》一書中，也出現了不少野心勃勃的角色。然而，這幫做著美夢的江湖人物，不論大小，金老爺子可沒給他們一個好結果。

當中佼佼者就是左冷禪。

左冷禪不以嵩山一派的掌門人位子而滿足，甚至乎連「五嶽劍派盟主」的大位也填不飽他的胃口；他決意要將五嶽劍派「攻守同盟」的結構進一步合併，形成一個單一的政治實體，並操之在手，籍此大大提升自己在江湖上的影響力。正如書中第二十五章莫大先生道：

「左冷禪意欲吞併四派，聯成一個大派，企圖和少林、武當兩大宗派鼎足而三，分庭抗禮。」

（第二十五章・聞訊）

簡而言之，左冷禪就是為了襯托男主角令狐沖而塑造出來的其中一個反面角色。在《笑傲》中，壞人都是儲心積慮、滿肚密圈，最後機關算盡枉聰明；好人則是行雲流水，任意所之，最後天降洪福，吉人天相。

既然老天爺（金庸）將男一號的名銜給予令狐沖，那麼隸屬壞人一族的左冷禪自然不得好死，最後被令狐沖大法官定了個「挑動武林風波的罪魁禍首」的罪名，處以利劍刺體的死刑。不過，左冷禪先生的命運如此多蹇，主要還是因為他打算統一五嶽派、染指武林權力鼎峰。然而，事出必有因，左冷禪先生作為「五嶽劍派盟主」，地位已經極為崇高（不是最高），武功也是極強（不是最強），他為什麼還要去追求更高更大的權力呢？

除了「故事情節需要」、「這都是金庸的安排」這種老掉了牙的原因外，筆者認為，假如「小說講的是人性」，金庸先生是中文小說界中極出色的作家，他的作品是如鏡子般反映了人性。那麼自然可以從人性角度去分析左冷禪的行為。

所以，我們的問題：為什麼左冷禪要統一五嶽劍派？便可以用現實世界的方法去剖析。

單純一句「因為他有野心」，並不能解答到這條問題。「因為他是壞人，所以他做壞事」，純粹是以問題去解答問題，陷入無限的輪迴。

要知道「野心」、「壞事」是他表現出來的行為，而不是驅使他去做這種事的動機。要分析動機，從來都要由「時、地、人」入手。

讓我們了解一下當其時「江湖世界」的設定。《笑傲》卷首便透露了個梗概：

林震南笑道：「你知道甚麼？四川省的青城、峨嵋兩派，立派數百年，門下英才濟濟，著實了不起，雖然趕不上少林、武當，可是跟嵩山、泰山、衡山、華山、恆山這五嶽劍派，已算得上並駕齊驅。你曾祖遠圖公創下七十二路辟邪劍法，當年威震江湖，當真說得上打遍天下無敵手，但傳到你祖父手裡，威名就不及遠圖公了。你爹爹只怕又差了些。咱林家三代都是一線單傳，連師兄弟也沒一個。咱爺兒倆，可及不上人家人多勢眾了。」

（第一章・滅門）

簡單而言，故事發生時，所謂武林秩序就是「正派」以少林、武當為首，其下便是五嶽劍派，青城、峨嵋再居其次（排名或會因觀點與角度而有所不同，但老大、老二得一定要是少林、武當）。

而「正派」的對立面自然是「日月神教」了，其下是結構鬆散的小組織、個體戶、么魔小丑，妖魔鬼怪，不入流的人馬……等等。

這一正一邪的勢力，相互爭軋，不分勝負。大家都在這個「奧妙的平衡」裡快樂地生活著。而這個江湖世界，偶爾會出現的「失控的齒輪」。

沖虛道人，作為「武林秩序人大代表」，他的發言如下：

各派之中，偶爾也有一二才智之上，武功精強，雄霸當時。一個人在武林中出人頭地，揚名立萬，事屬尋常。

（第三十章・密議）

這一類「失控的齒輪」，是指「個別單位的人」可以擁有「壓倒其他個體」的力量和名聲。

這種人，「武林秩序」可以容忍的。

那麼，「武林秩序」所不能容忍的是什麼呢？答案就在下半句：「但若只憑一人之力，便想壓倒天下各大門派，那是從所未有。」

沖虛講這句話，表面說是「壓倒天下各大門派」，實質上講的只有兩大門派而已——就是少林和武當。

換句話說，當時的武林不成文規定，就是容許你自己出類拔萃，贏倒了天下好漢，成為眾人（精神）領袖。唯獨這美譽及身而止，絕不能帶著你的一幫人馬兄弟個個雞犬升天、不能攀升到第一、第二大門派的位置，擠將一個老三出來。

所以，在這個武林秩序下，林遠圖可以「七十二路辟邪劍法打遍天下無敵手」，但林家只能去做人人都看不起的鏢局行業；左冷禪想要壯大嵩山派，就是人人得而誅之的野心家。江湖中人如果替人行鏢護院，為富戶權貴賣命，素來為人不齒。可以平行參考明末華山派的門規、清朝紅花會的幫規等等。

沒辦法，誰叫你不按遊戲規則、不依老大哥的劇本起舞呢？

分析完「武林秩序」，便梳理一下「武林恩怨史」。

五嶽劍派，並非有人閒著無聊，先立了個「五嶽劍派」，再分別創立「華山」、「嵩山」……這五個派別來。而是反其道而行，先有了這五個各自以五嶽為基地的武林門派，才出現這個五嶽聯盟。最明顯的證據是在第三十四章左冷禪和岳不群比劍，左冷禪使出「獨劈華山」，其時已有人指出：「五嶽劍派數百年聲氣互通，嵩山劍法中別說並無此招，就算本來就有，礙在華山派的名字，也當捨棄不用，或是變換其形。」

不過，在《笑傲》一書中，武林人士對自己門派，都習慣「死人燈籠」，動輒「幾百年」的「報大數」。然而，七除八扣，五嶽建立「邦交」亦絕非在左冷禪上任之後的事，主要線索是在嵩山派搞砸劉正風的洗手大典這件事上：

> 魔教和白道中的英俠勢不兩立，雙方結仇已逾百年，纏鬥不休，互有勝敗。這廳上千餘人中，少說也有半數曾身受魔教之害，有的父兄被殺，有的師長受戕，一提到魔教，誰都切齒痛恨。五嶽劍派所以結盟，最大的原因便是為了對付魔教。魔教人多勢眾，武功高強，名門正派雖然各有絕藝，卻往往不敵，魔教教主東方不敗更有「當世第一高手」之稱……
>
> （第六章・洗手）

另外在「華山劍氣分宗」和「魔教十長老攻華山」也留下了端倪：

百餘年前，這部寶典為福建莆田少林寺下院所得……華山派分為氣宗、劍宗，也就由此而起。……魔教十長老攻華山，便是想奪這部《葵花寶典》，其時華山派已與泰山、嵩山、恆山、衡山四派結成了五嶽劍派，其餘四派得訊便即來援。華山腳下一場大戰，魔教十長老多數身受重傷，……五年之後魔教捲土重來……

由這些紀錄我們可以看到，和日月神教結下樑子最深的，應該是五嶽劍派。假如日月神教要向白道開刀，首先遭殃的除了五嶽還有誰？《笑傲》結局篇中，任我行能夠接受五嶽派投降，那是「後令狐沖時代」的事，在「前令狐沖時代」是不可能的。以五嶽劍派和日月神教有這麼一段血海深仇，在左冷禪當權的時代，絕不可能投降來求存，定必會被人殺個乾乾淨淨。

那麼，作為一派一門的主持人，左冷禪壯大自己門派，意圖先下手為強，消滅敵人；最少也可以自保、不假外求，這算不算是有錯呢？

分析完「時」和「地」，之後我們會看看「人」的因素。

或者有人會認為，就算明教和五嶽劍派發生衝突，江湖上有少林、武當兩大巨人，他們豈會袖手旁觀？這兩派定必會主持公道，維持正義了罷？

余某倒覺得，正正是少林、武當其身不正，才引得左冷禪要「自食其力」。理據就是魔教中人的黃鍾公，竟然可以和少林寺主持攀交情：

（黃鍾公）我修一通書信，你持去見少林寺掌門方證大師，如他能以少林派內功絕技《易筋經》相授，你內力便有恢復之望。這《易筋經》本是他少林派不傳之秘，但方證大師昔年曾欠了我一些情，說不定能賣我的老面子。」令狐沖聽他二人一個介紹平一指，一個指點去求方證大師，都是十分對症……

（第二十章・入獄）

由於事件是站在令狐沖的立場去看，我們會覺得這些少林掌門賣「老面子」給朋友，這沒有什麼所謂。

可是，試想想在劉正風洗手的當日，光是他「自承是曲洋的知心好友」，定逸、天門就馬上翻臉不認人（這種表態行為，嵩山派可沒有硬逼）。由此可見，五嶽劍派對日月神教那股不共戴天的切齒之恨，絕對容不下這種「界面派對」。

世間上沒有永遠的秘密，少林掌門欠了日月神教人情的事，絕對有可能傳到左冷禪的耳中。如果你身為五嶽劍派盟主，強敵壓境時，你會認為少林、武當靠得住嗎？

那麼，故事進行時，日月神教似乎在鬧教務、沒有戕害白道中人；左冷禪意欲吞併其餘四派，是否假借共抗魔教之名來行個人野心之事呢？

筆者認為，這個可能性是有的，也是可以容忍和接受的。但假如用這一點來鞭撻左冷禪的行為，那就是過度執著情節的橫向鋪展而忘記故事時間軸上的縱向傳承。

首先，「江湖正派」和日月神教世讎，已有百年，積下來的血債實在不少；光是假借令狐沖之口而宣示予讀者的已有：

江西于老拳師一家二十三口被魔教擒住了，活活的釘在大樹之上，連三歲孩兒也是不免，于老拳師的兩個兒子呻吟了三日三夜才死……

濟南府龍鳳刀掌門人趙登魁娶兒媳婦，賓客滿堂之際，魔教中人闖將進來，將新婚夫婦的首級雙雙割下，放在筵前，說是賀禮……

漢陽郝老英雄做七十大壽，各路好漢齊來祝壽，不料壽堂下被魔教埋了炸藥，點燃藥引，突然爆炸，英雄好漢炸死炸傷不計其數，泰山派的紀師叔便在這一役中斷送了一條膀子，這是紀師叔親口所言，自然絕無虛假……

當然，我們不能夠排除這可能和恆山派在廿八鋪遇襲一樣，是左冷禪背後策劃，好挑起武林對日月神教的公憤；但真箇如此，左冷禪下的本事還不少，甚至搭上自己門派的高手了……

想到這裡，又想起兩年前在鄭州大路上遇到嵩山派的孫師叔，他雙手雙足齊被截斷，兩眼也給挖出，不住大叫：「魔教害我，定要報仇，魔教害我，定要報仇！……

這個還只是「死道友不死貧道」的大前提。而真正和左冷禪自己有切身關係的，還是逃不開任我行日月神教教主這個老冤家。

首先要知道，任我行和左冷禪是老相識，在少林寺「三戰」一節中，金庸已說明了：

十餘年前任我行左冷禪劇鬥，未曾使用「吸星大法」，已然佔到上風，眼見便可制住了左冷禪，突感心口奇痛，真力幾乎難以使用，心下驚駭無比，自知這是修練「吸星大法」的反擊之力，若在平時，自可靜坐運功，慢慢化解，但其時勁敵當前，如何有此餘裕？正彷徨無計之際，忽見左冷禪身後出現了兩人，是左冷禪的師弟托塔手丁勉和大嵩陽手費彬。任我行立即跳出圈子，哈哈一笑，說道：「說好單打獨鬥，原來你暗中伏有幫手，君子不吃眼前虧，咱們後會有期，今日爺爺可不奉陪了。」左冷禪敗局已成，對方居然自願罷戰，自是求之不得，他也不敢討嘴頭上便宜，說甚麼「要人幫手的不是好漢」之類，只怕激惱了對方，再鬥下去，丁勉與費彬又不便插手相助，自己一世英名不免付於流水，當即說道：「誰教你不多帶幾名魔教的幫手來？」任我行冷笑一聲，轉身就走……

（第二十七章·三戰）

當其時左冷禪應該當上了五嶽劍派盟主，最少也是嵩山派掌門，有此為證：

定閒師太說道：「三位三十年前橫行冀北，後來突然銷聲匿跡。貧尼還道三位已然大徹大悟，痛改前非，卻不料暗中投入嵩山派，另有圖謀。唉，嵩山派左掌門一代高人，卻收羅了許多左道……

（第二十五章・聞訊）

這三個賊人三十年前突然銷聲匿，定閒認為是被左冷禪收編了。由此可見左冷禪掌握嵩山派實權，最少有三十年。另外：

（岳不群）：「武學要旨的根本，那也不是師兄弟比劍的小事。當年五嶽劍派爭奪盟主之位，說到人材之盛，武功之高，原以本派居首，只以本派內爭激烈，玉女峰上大比劍，死了二十幾位前輩高手，劍宗固然大敗，氣宗的高手卻也損折不少，這才將盟主之席給嵩山派奪了去。推尋禍首，實是由於氣劍之爭而起。」……

（第九章・邀客）

岳不群自己也說了，這一屆的五嶽劍派盟主爭奪戰，發生在「玉女峰大屠殺」之後，因此左冷禪做五嶽劍派盟主，最多也只有二十五年。

好了，話鋒轉回來，這些「身份地位問題」，又和任我行、左冷禪打架有什麼關係呢？

首先，十幾年前的那一場架，絕對不會是單純地以任我行和左冷禪之間的私人恩怨而結束，一定會上升到「日月神教」對「五嶽劍派」／嵩山派對決的層次；就算左冷禪「一人做事一人當」，不想將「五嶽劍派」／嵩山派牽扯進來，任我行也不見得會輕易罷休。

姑且看看當時人們是如何評價「西湖囚禁事件」前的任我行：

（黃鍾公）：「但任教主性子暴躁，威福自用，我四兄弟早萌退志。」

（第二十二章・脫困）

亦再看看任我行如何評價自己：

「你可知道，這位任先生要是重入江湖，單是你華山一派，少說也得死去一大半人。任先生，我這話不錯罷？」那人笑道：「不錯，不錯。華山派的掌門人還是岳不群罷？此人一臉孔假正經，只可惜我先是忙著，後來又失手遭了暗算，否則早就將他的假面具撕了下來。……

（第二十章·入獄）

任我行的性格，很明顯就是那種「一人得罪、殺你全家」的超霸道主義者。在少林寺裡講過一番話，雖然可視作玩笑，但亦不妨看作是「弗洛伊德式錯誤」（Freudian Slip），顯示他針對仇家的潛意識心態：

「那妙得很啊。左大掌門有個兒子，聽說武功差勁，殺起來挺容易。岳君子有個女兒。余觀主好像有幾個愛妾，還有三個小兒子。天門道長沒兒子女兒，心愛徒弟卻不少。莫大先生有老父、老母在堂。崑崙派乾坤一劍震山子有個一脈單傳的孫子。還有這位丐的解大幫主呢，向左使，解幫主世上有甚麼捨不得的人啊？」向問天道：「聽說丐幫中的青蓮使者、白蓮使者兩位，雖然不姓解，卻都是解幫主的私生兒子。」任我行道：「你沒弄錯罷？咱們可別殺錯了好人？」向問天道：「錯不了，屬下已查問清楚。」任我行點頭道：「就算殺錯了，那也沒有法子，咱們殺他丐幫中三四十人，總有幾個殺對了的。」向問天道：「教主高見！」……

任我行道：「老夫賭運不佳，打賭沒有把握，殺人卻有把握。殺高手沒有把握，殺高手的父母子女、大老婆小老婆卻挺有把握。」沖虛道人道：「那些人沒甚麼武功，殺之不算英雄。」任我行道：「雖然不算英雄，卻可教我的對頭一輩子傷心，老夫就開心得很了。」沖虛道人道：「你自己沒了女兒，也沒甚麼開心。沒有女兒，連女婿也沒有了。你女婿不免去做人家的女婿，你也不見得有甚麼光彩。」任我行道：「沒有法子，沒有法子。我只好將他們一古腦兒都殺了，誰叫我女婿對不住我女兒呢？」……

（第二十七章・三戰）

面對著這樣的敵人，你敢鬆懈麼？而且以江湖中人而言，先下手為強，後下手遭殃。而要對付任我行帶領的日月神教，他一定需要一個足夠強大的五嶽劍派，最少，是一個聽從他指揮的五嶽劍派。

然而，任我行沒有立刻就對付嵩山派，因為東方不敗先叛變了，把他囚在西湖底；對外公開他是因病退隱，再過幾年，東方不敗也「退隱」了，穩穩當當的在秘密花園繡花。

本來「任我行退隱」可以是五嶽劍派和日月神教暫時休戰的契機；但東方不敗甫一上台，就祭出「當今天下第一」的「不敗」名號，這擺明是廣府話「撩交打」的意思。你能夠怪首當其衝的左冷禪不先下手為強麼？

分析完對頭人，再來看看左冷禪的自己。

我們分析完左冷禪的對頭人：任我行與日月神教，那我們再看一看左冷禪他自己。

先前有談到，方證（武林秩序代言人）認為，一個門派要「做大阿哥」，必須「數百年來無數英雄豪傑，花了無數心血累積而成，一套套的武功家數，都是一點一滴、千錘百煉的積聚起來，決非一朝一夕之功」。而五嶽劍派崛起，是「不過是近六七十年的事」。

可是方證彷彿忘了「五個個別的五嶽派」各自本身都有「幾百年的傳承」，只不過「結成同盟」是近百年的事，而結成同盟之後再在江湖上吐氣揚眉，才是那「六七十年的事」。

方證刻意矮化五嶽劍派，那是暗地裡「過左冷禪一棟」，諷刺他小人心性，「一朝得志，語無倫次」。

五嶽劍派本身難道沒有資格和少林、武當平起平坐？

先前曾發生「五嶽高手大戰明教十長老」事件，導致大量精妙武功失傳。然而五嶽劍派卻可以在短短「三四十年間」再次崛起。如果以二十年為一代，可以在兩代人翻身，這固之然可以歸因於其他門派的不濟，但五嶽本身沒有因此一蹶不振，足見它們非同小可。

當然，正如方證所言，「一個人武功高得絕頂」是沒有問題（成不了事）的。因此方證和沖虛對著左冷禪來，並非他的武功，而在於左冷禪有本事可以令到其他人為他賣命。

在華山腳下山神廟襲擊華山派的十五個幪面敵人、廿八鋪針對恆山派的大伏擊、封禪台畔安排青海一梟向天門道人行刺、收羅了衡山派的金眼烏雅魯連榮、華山劍宗封不平，在向陽巷老宅差點幹掉了令狐沖的「白頭仙翁」和「禿鷹」二人……這些人，又有哪一個是好相與的？但他們都聽從指揮，可見左冷禪有這個聚攏人心的本事。我們不應該因為他是對立角色而忽視他的領袖魅力。最少，任我行還需要三尸腦神丹來威脅手下，但左冷禪手下卻是心甘情願為主子賣命。

除了網羅草莽人物作為黨羽，嵩山派本身的實力亦雄厚。左冷禪的一眾師弟個個武藝高強卓絕，號稱「十三太保」。這些武林高手唯左冷禪馬首是瞻，他這個人的實際影響力有多大？可想而知。

有金學前輩質疑，金庸在設定五嶽劍派實力時，沒有打草稿，所以各派的落差太大，結果其餘各派都成了沙包箭靶。

筆者卻覺得不然，《孫子兵法》有云：勝者先勝而後求戰，敗者先戰而後求勝。金庸也許是在無意之中，反襯出左冷禪的能力／嵩山吞併五派的實力。

然後，再看看其他門派的領導人。

莫大先生這個掌門做得半吊子，也不大管事；衡山門下派系林立，劉正風、魯連榮等人各自為政，愛跟哪人窩在一起就窩在一起，作為一個門派，難成氣候。

讓我們倒果求因，看看嵩山派向衡山派出手時，衡山一派的反應：

劉正風家有喜事，只有劉正風一家捧場；劉正風家裡出事（被宰），也只有劉正風一家自己抵抗。衡山派一點同門情誼也沒有。

衡山派其他人呢？魯連榮老早被左冷禪收買了。而莫大先生當時明明在衡陽城內，嵩山派行兇時，卻不知晃到哪裡去了。說實在，筆者甚至懷疑莫大先生是不是借刀殺人。衡山派在這號人物帶領下，就算左冷禪不來吞併，早晚也會息微。

若說衡山派是一盤散沙，那泰山派就是一堆互相磨軋的石頭。

所謂掌門人就是領導者、指揮者，是他的位置給予了他可以命令同屬一門的人的權利。然而，縱觀全書，泰山派的一大班「玉」字輩的師叔可以越過天門道人，對派務指手劃腳、指指點，不難看出，泰山派政出多門，門政混亂。

這也許和天門道人脾氣暴燥有點關係；動不動就發脾氣、把掌門信物拿出來鬧意氣。門下弟子如何知道你什麼時候說真、什麼時候是氣話？日子久了，自然不敢會把你的話當真，要另外找靠得住的人要求管理指揮。慢慢大權旁落，怨不得人啊。

恆山派是女尼當道，第一代人物的恆山三定武功雖然高強，第二代人物亦人數眾多（從她們被嵩山派殺的殺、抓的抓，還能剩下這麼多人跟著令狐沖跑，可以看出恆山派二代弟子人數遠遠超出華山派甚多）。而且門派團結，可比擬嵩山。本來不可小看。

但反個角度看，只因恆山派都是女尼，自然容易齊心一致，比不得左冷禪，三山五嶽的人物都能收歸其下。而且恆山派二代弟子有個特點，那就是年齡層極廣，由十六歲到六十多歲都有。年長的弟子雖然能幹，卻一切要唯掌門馬首是瞻，不敢自己拿主意。連令狐沖都皺眉她們沒有臨事應變的能力，要教她們「另類化緣」的方法。

所以恆山派領導人，「恆山三定」的問題，在於太過愛惜弟子，沒有放心交棒子二代人物，平常缺乏歷練的機會，故此一遇事就成了沒腳蟹似的。

說到華山派，更加不堪了。讓我們再一次倒果求因，看看華山派的領導班子有什麼問題：

當「另擁嗣君」的計謀不通，左冷禪旋即硬碰硬的食岳老兒的格棍。嵩山派遣的十五名「僱傭兵」，已經足以把華山派一舉挑了。岳老兒除了老婆還能幫幫忙，並無任何師兄師弟，餘下的就只是一大票肉腳弟子、沙包徒弟。唯一一個可以倚仗的大弟子令狐沖，又被他冷落猜忌；最後淪落到整個門派外逃避難。

而且在習得辟邪劍法（真）之前，岳不群連桃谷六仙都會忌憚畏懼：

各人都知道，只要這個形容醜陋、全無血色的婦人向誰一指，桃谷五仙立時便會將這人撕了，縱是岳不群這樣的高手，只怕也難逃毒手。……

（第十四章・論杯）

由此觀之，華山派的問題有二，一是先天，自身窩裡鬥，劍氣二宗自相殘殺，玉女峰大火拼的結局是「氣宗弟子將劍宗的弟子屠戮殆盡、奪得華山派掌門」，但也殺得只剩下了岳不群和寧中則這兩個光桿兒司令。

後天的毛病在於岳不群的外號「君子劍」。這人死要面子，但行事偏偏就是最不要臉。「對內宣佈」的原因是「劍宗弟子看不開而橫劍自刎」、「對外公佈」的原因是華山鬧瘟疫。隱瞞外人尚且有理可循，但自己門派最脆弱的軟肋上也對弟子有所隱瞞，那就真是害死人了。所以到最後紙還是包不住火，劍宗的人並未死光了，最後跑出個封不平加成不憂，揭開這一層黑幕：

岳不群道：「本門氣宗劍宗之爭，由來已久。當日兩宗玉女峰上比劍，勝敗既決，是非亦分。事隔二十五年，三位再來舊事重提，復有何益？」

成不憂道：「當日比劍勝敗如何，又有誰來見？我們三個都是『劍宗』弟子，就一個也沒見。」

相反，以門派的強弱而言，嵩山派真是高得不可同日而語。擁有極厲害的外援、領導班子又強而有力。就連組織下層的二代弟子亦超出其餘四派甚多，不單能夠自行獨當一面，而且彼此還能配合無間。單是憑二代弟子之力已能壓制劉正風一門，可見左冷禪不單具備對門下弟子如臂使腕、如腕使指的指揮能力，而各弟子又能主動協同作戰、倍大戰果：

劉正風大怒，向史登達道：「這是從何說起？」史登達道：「萬師弟，出來罷，說話小心些。劉師叔已答應不洗手了。」後堂那漢子應道：「是！那就再好不過。」說著從後堂轉了來，向劉正風微一躬身，道：「嵩山門下弟子萬大平，參見劉師叔。」劉正風氣得身子微微發抖，朗聲說道：「嵩山派來了多少弟子，大家一齊現身罷！」

他一言甫畢，猛聽得屋頂上、大門外、廳角落、後院中、前後左右，數十人齊聲應道：「是，嵩山派弟子參見劉師叔。」幾十人的聲音同時叫了出來，聲既響亮，又是出其不意，群雄都吃了一驚。但見屋頂上站著十餘人，一色的身穿黃衫。大廳中諸人卻各樣打扮都有，顯然是早就混了進來，暗中監視著劉正風，在一千餘人之中，誰都沒有發覺。定逸師太第一個沉不住氣，大聲道：「這……這是甚麼意思？太欺侮人了！」史登達道：「定逸師伯恕罪。我師父傳下號令，說甚麼也得勸阻劉師叔，不可讓他金盆洗手，深恐劉師叔不服號令，因此上多有得罪。」……

（第六章・洗手）

最後便是最難理解的問題了：「既然嵩山派自己已經這麼強了，那為什麼還要吞併其餘四派呢？自己一派去單挑日月神教不就行了？這樣簡單直接，又不會惹人閒話。」

於是，我們還是倒過頭來，從人性最根本的水平、最黑暗的角度去想：

假設江湖是個血肉橫飛的修羅戰場。現今有外敵（日月神教）殺到來了，本來可以倚仗的友軍（少林、武當）原來是靠不住的，反而把你推上前線做炮灰，自己卻和敵人交好。

自己的同袍呢？你麾下的小隊指揮官，不是草包笨蛋（天門道人）、便是包藏禍心（岳不群），再不然就是毫無鬥心的和平主義者（恆山）或者連自己小隊都管不好的廢人（莫大）。偏生他們有的拿著極好的裝備（劍法、武功）、有的編員充足（弟子數目），有的佔據著最好的攻擊位置（門派所根據地），後勤補給又充足（門人的家產）。

換轉了是你，你會怎麼做？現正是打仗，是刀口上舐血的事。危機逼近眉睫，你會慢慢地壯大自己主管的那團人、慢慢地張羅配備、和別人商談分一點資源、讓半塊地盤出來嗎？在歷史長河之中，吞併友軍的行為屢見不鮮。不少名將都做過這種事，他們的評價亦不見得因此拉低了。

左冷禪的悲哀，只因為他是金庸筆下一個最現實的人物，卻存在於一個最夢幻的小說環境裡。